Anonym

Sitzungsberichte der Philosophisch-historischen Classe der kaiserlichen Akademie der Wissenschaften

Vierter Band Jahrgang 1850 II. und III. Heft

Anonym

Sitzungsberichte der Philosophisch-historischen Classe der kaiserlichen Akademie der Wissenschaften

Vierter Band Jahrgang 1850 II. und III. Heft

Unveränderter Nachdruck der Originalausgabe von 1850.

1. Auflage 2022 | ISBN: 978-3-36850-011-5

Verlag: Outlook Verlag GmbH, Zeilweg 44, 60439 Frankfurt, Deutschland
Vertretungsberechtigt: E. Roepke, Zeilweg 44, 60439 Frankfurt, Deutschland
Druck: Books on Demand GmbH, In de Tarpen 42, 22848 Norderstedt, Deutschland

Sitzungsberichte

der

philosophisch-historischen Classe.

Jahrgang 1850. II. u. III. Heft. (Februar u. März.)

Sitzungsberichte

der

philosophisch-historischen Classe.

Sitzung vom 6. Februar 1850.

Herr Regierungsrath **Arneth** liest eine mit zwei antiken Büsten und einer Goldmünze vom k. k. General-Consul, Herrn von **Adelsburg**, dem k. k. Münz- und Antiken-Cabinette zugesendete Nachricht über die Stadt Beirut und ihre Alterthümer.

Antiken sammeln ist in Syrien eine schwere Sache, und ihr Fund mehr ein Werk des glücklichen Zufalls, denn einer planmässigen Unternehmung. — Seit langer Zeit ausgebeutet, hat sich das Land vieler Gegenstände entäussert. — Das hiesige Publicum ist hauptsächlich ein handeltreibendes und geldsuchendes: wenn es daher ein Steinmonument findet, so frägt es ob der Stein ein gutes Baumaterial gebe, worauf Zerschlagung oder sonstige Zubereitung erfolgt; kommen aber Münzen zum Vorscheine, so wandern selbe, wenn Gold oder Silber, in die Schatztruhe des Finders. — Anderen Theils sind die gefundenen Objecte verstümmelt und der Aufbewahrung kaum werth. Unsere Vice-Consulate, weil unbesoldet, beschäftigen sich mit ihrem täglichen Erwerbe, und fühlen selten Neigung der Wissenschaft zu huldigen. Sie haben an den Paschen und anderen türkischen Obrigkeiten Rivalen, da letztere für das neu errichtete Museum in Constantinopel sammeln: so Zarif Pascha, Gouverneur von Jerusalem, der in Gaza, an der ägyptischen Grenze, Ausgrabungen veranstaltete.

Dessenungeachtet werde ich bedacht sein, auf vorkommende Objecte ein wachsames Auge zu haben.

Zu diesem Ende habe ich die nöthigen Ersuche und Einladungen veranstaltet, und habe vor der Hand gute Zusage erhalten.

Vielleicht wird es nicht unangenehm sein, über Beirut's Antiquitäten einige Notizen zu lesen. Die Stadt selbst ist eine Antiquität. Wann sie entstanden, und wer sie gegründet (Ogyges zu Ehren seiner Gemalin Beroe, oder Gerse Chanaams fünfter Sohn) bleibt dahingestellt, und allenfalls bei Strabo, Plinius, Ptolemäus oder Quaresimus, die ich nicht zur Hand habe, zu erörtern. Unter Herodes und Agrippa soll sie sehr verschönert und vergrössert worden sein. Unter den römischen Imperatoren hiess sie Felix Julia; blühte durch eine berühmte Schule der Jurisprudenz, ward von Justinian, wie es heisst, die Mutter und Amme der Gesetze genannt, und soll zu der Abfassung der römischen Pandecten Dorotheus und Anatolus als Rechtsgelehrte gesendet haben. Im J. 448 n. Chr. durch ein Concilium bekannt, und einen Bischof besitzend, der den Namen eines Metropoliten von Mesopotamien führte, fiel Beirut im J. 1110 in die Hände der Kreuzfahrer, ward kurz darauf von den Islamiten wieder erobert, und gänzlich zerstört, so dass nur die Kirche des heil. Johannes, heut zu Tage die Hauptmoschee der Stadt, übrig blieb. Seitdem sich aus dem Schutte erhebend, ward sie abwechselnd die Residenz der druzischen Emire, unter den Fachr-ed-din berühmt, oder türkischer Paschen oder ägyptischer Gewalthaber, bis sie 1841 durch eine österreichisch-englische Escadre bombardirt, dem Grossherrn als legitimen Monarchen zurückgestellt wurde; seitdem Generalconsulate von Oesterreich, England, Frankreich, Preussen und Russland aufstellen sah, Aufschwung durch Handel und Schifffahrt gewann, und den Dampfschiffen unseres Lloyd eine Quelle reicher oder doch wenigstens gesegneter Speculation ward.

An diese Schattenbilder der Vergangenheit, die nur dem geistigen Auge der Geschichtsforscher noch zugänglich sind, reihe ich einige Monumente, die dem Sturme der Zeiten ganz oder zum Theile getrotzt, aber nicht mehr in ihrer ursprünglichen Bestimmung dienen, den Söhnen des Jahrhunderts zurufen: „Wir sind, als wenn wir nicht wären", und dem Forscher Stoff zu belehrender Betrachtung bieten können.

Ich übergehe das Serail, oder die Wohnung des Pascha-Gouverneurs, welches ursprünglich ein Palast des Druzen-Emirs Fachr-ed-din gewesen, da er, wiewohl sehr verfallen, seine antike Farbe verloren hat.

Unter den religiösen Gebäuden bemerke ich eine Moschee, welche früher Kirche des heil. Johannes war; eine kleine Moschee ausserhalb der Stadt, el Chodef genannt, wo, nach christlicher Sage, der heil. Georg einen ungeheuren Drachen erlegt hat, so wie mehrere Katakomben, welche in den Gärten um Beirut vorhanden sind, und namentlich jene die dicht an das von mir bewohnte Haus anstossen. An antiken Tempeln aus der vorchristlichen Zeit ist mir keiner bekannt. Von einer Kirche mit geneigten Säulen, von einer Kirche zu Ehren des h. Georg, und der grossen Höhle, welche der Georgs-Drache bewohnt haben soll, ist ungeachtet vorhandener alter Sagen, keine Spur zu sehen.

Alte Bade- oder Theatergebäude bestehen nicht mehr, doch sieht man im Süden der Stadtmauern, im Meere, dicht am Ufer Fundamente mit Abtheilungen und Canälen oder Rinnen, die, durch einen steinharten, unverwüstlichen, grauen Kitt verbunden, noch immer den anstürmenden Wogen widerstehen.

Mosaikpflasterung ist hier und dort wahrnehmbar. In einem Garten des toscanischen Consuls, Herrn Laurella, sah ich ein Pflasterstück, welches ziemlich erhalten, einen Ibis vorstellt. Ein schöner Greisenkopf, dem ehemaligen französischen Consul, Herrn Guys, gehörig, zerfiel im J. 1837 durch ein entstandenes Erdbeben. Der Spaziergänger, welcher aus dem Thore Somtic tritt, und längs dem Meere hinwandelt, geht über Stellen, die noch deutlich Mosaikboden zeigen.

Sarkophage werden häufig gefunden, doch haben sie selten artistischen Werth. Zwei derselben, ausgezeichnet durch Form und Bildhauerei, deren einer die Inschrift: *Julia Mamaea* führte, sind vor einigen Jahren nach Nordamerika gewandert. Die von mir gesehenen waren alle sehr gross, schwerfällig, für den Transport ungeeignet, aus grauem Sandsteine oder selten weissem Marmor, ohne Inschrift, ohne Verzierung, und mit dachförmigem Deckel verschlossen.

Säulen aus Granit liegen im Meere, vor dem Landungsplatze, bilden zum Theile parallel neben einander gelegt, den

Quai vor der Stadt, und finden sich auch an andern Orten, inner und ausser der Stadt. Genaue Cilinder bildend, bieten sie weder künstliche Capitäler noch Fussgestelle dar.

Die Steine, aus denen Beirut's Ringmauer besteht, tragen hin und wieder das Gepräge des Alterthums; namentlich ein grosser Block, auf dem eine Inschrift eingegraben ist, oberhalb des sogenannten Derki-Thores.

An Münzen fehlt es nicht, wohl aber an werthvollen. In der Steppe aus gelbem Flugsand, der Beirut in Süd und Ost umgürtet, wühlen Sturm und Regen oft Kupferobole aus dem Grunde. Altfranzösische Münzen kommen gleichfalls vor. Sie stammen aus den Kreuzzügen oder von Ludwig IX. her; sie tragen das Bild von Ketten, weil, wie Michaud meint, der König das Andenken an seine Gefangenschaft und Befreiung erhalten wollte. Viele Münzen gingen 1841 aus dem Lande, unter diesen eine Sammlung nach Florenz, als Geschenk für Se. k. k. Hoheit den Grossherzog von Toscana.

Alten Schmuck, wie Armbänder, Halsketten, eine goldene Larve, blätterdünn gearbeitet, und andere ähnliche Objecte, die in Dschebail ausgegraben worden, hatte ich Gelegenheit bei Obersten Rose, englischem General-Consul, und anderwärts zu sehen.

Ebenso Krüge, aus gebrannter Erde, zweihenklig mit bauchiger Mitte.

Statuen kamen mir keine zu Gesicht, und so viel ich weiss, hatte Niemand ein besseres Loos.

Dafür sind Köpfe zu finden, die sonderbarer Weise alle den linken Nasenflügel, oder die Nase überhaupt verstümmelt haben. Erst unlängst wurde im Hause Herrn Chasseaud's, der Consul in nordamerikanischen Diensten ist, ein wunderschöner Frauenkopf gefunden, dem ich vergeblich die Cour machte, da der grausame Besitzer selben mit Gewalt in ein Museum der neuen Welt schicken will.

Ich suchte ebendaselbst eine marmorne Frauenhand, die mit einem Dolchreste bewaffnet ist, und in der Arbeit eine ungemeine Zierlichkeit aufweist, zu retten, und zwar für Wien zu retten. Aber vergebens, auch diese Hand soll über den atlantischen Ocean wandern.

Mit Stillschweigen übergehe ich die Reste einer Wasserleitung, die man in der nächsten Umgebung der Stadt noch sieht, oder vielmehr erräth.

Herr Regierungsrath Arneth setzt die Lesung seines Berichtes über Dr. Kandler's Werke fort:

IV. *Cenni al Forestiero, che visita Parenzo.* Trieste. 1845.

Obschon unter dem sehr bescheidenen Gewande eines Fremden-Führers in Parenzo weiss Herr Kandler eine sehr interessante Darstellung der Geschichte dieser Stadt im hohen Alterthume, im Mittelalter und in der neuern Zeit zu geben.

Parenzo hatte ein Capitol, ein plebeisches und ein patricisches Forum, einen Tempel des Neptun, des Mars, des Augustus, und war zur Zeit seiner grössten Blüthe unter den Antoninen von 10.000 Menschen bewohnt. So schön und einleuchtend diess der Verfasser über die römische Abtheilung auseinandersetzt, um so schöner, uns alle im Allgemeinen mehr betreffend, redet er von der Einführung des Christenthums in Istrien, von den ersten daselbst erbauten Basiliken, unter denen der Dom in Parenzo durch seine Bauart, durch seine Pracht — das Monogramm des Namens Euphrasius ist äusserst zierlich in den wunderschönen Capitälern des Domes so zu sagen eingewebt — durch die Dauerhaftigkeit mit der er den Stürmen so vieler Jahrhunderte widerstanden hat, vor allen hervorragt, er wurde im Jahre 543 vollendet, als Kaiser Justinian zu Constantinopel schon 16 Jahre regierte. Auch die Stiftungsurkunde die hier mitgetheilt ist, macht dieses Buch zu einem sehr merkwürdigen.

Diesen Arbeiten, die unter einer gefälligen Form doch schöne und tiefe Ansichten und Untersuchungen enthalten, gehen urkundliche Belege zur Seite, welche unter dem Titel: Atti Istriani, editi per cura della Direzione del Museo di Antichità Tergestine. Vol I. Puntata prima.

V. *Statuti di Pola.* Vol II. St. di Parenzo; von beiden Städten im Jahre 1843 und 1846 erschienen sind.

Es sind beide Bände gewissermassen Fortsetzungen des sehr lehrreichen Werkes, das der um Triest so sehr verdiente

Dr. Rossetti unternommen und unter dem Titel: L'Archeografo Triestino in 4 Bd. herausgegeben hat[*]).

Rossetti hatte den Wunsch, dass seine Sammlungen von Urkunden und historischen Arbeiten aller Art über Istrien nicht untergingen, vermachte dieselben dem Dr. Kandler, der sie mit seinen Arbeiten bereichern und herausgeben sollte. Rossetti hatte schon den Archeografo: Raccolta di opuscoli e di notizie per Trieste e per l'Istria genannt, daher man glaubte den Titel dieser Arbeiten in den: „Atti Istriani" zu verändern, welcher der Sache um so mehr entspricht: quantocchè egli pronunciava essere Trieste compresa nella provincia dell' Istria siccome lo è in verità sotto ogni riguardo. — Der erste Band enthält die Satzungen von Pola; der zweite — meines Wissens noch nicht erschienen — die Beschreibung des Museums. Es sind diese Statuten für jeden Rechtskundigen äusserst lehrreich, weil sie Belege bilden, wie viel aus dem römischen Rechte in die Satzungen der Städte des Mittelalters, zumal in Italien und den Orten verwandten Idioms übergegangen, wie viel sie auf die natürlichste Art geistig und sächlich vererbt. Die Satzungen tragen das Datum vom Jahre 1431, obschon einige Zusätze von den Jahren 1367—1377, 1400 u. s. w. bis 1640 datirt sind. Der ursprüngliche Text war gewiss lateinisch und dessen Abfassung ist zuverlässlich dem Jahre 1331, in welchem Jahre Pola sich an Venedig ergab, vorangegangen; seit welcher Zeit er bis zum Aufhören der Venetianischen Regierung im Jahre 1797 und von da modificirt bis zum 1. October 1815 Gesetzeskraft hatte.

VI. Gleiche Statuten wurden über Parenzo: *Statuti municipali della città di Parenzo.* Tergeste 1846 herausgegeben. Parenzo war römische Colonie, im Mittelalter der Sitz eines reichen Bischofs und durch seine Lage zum Handel auf dem Adriatischen Meere sehr geeignet. Wahrscheinlich entwarf Parenzo um das Jahr 1000 einen Codex seiner Gesetze und Gewohnheiten, zu welchem von Zeit zu Zeit Zusätze gemacht wurden unter den Patriarchen, welche, vom Jahre 1230 an, Markgrafen von Istrien waren, und von Venedig, dem sich Pa-

---

[*]) L'Archeographo Triestino. Raccolta di Opuscoli e Notizie per Trieste e per l'Istria. Trieste 1829—1837.

renzo 1267 ergab. Im Jahre 1354 wurde die Stadt vom genuesischen Admiral Paganini Doria ganz zerstört, wobei auch die Statuten zu Grunde gingen. In der Erinnerung der alten wurden 1363 neue gemacht, welche bis zum Jahre 1806 als Gesetz galten, bis dann der Code Napoleon, und mit 1. October 1815 das österreichische Gesetzbuch eingeführt wurde.

Herr Dr. Schmidl liest einen Aufsatz: „Ueber Begriffsbestimmungen in der Geographie."

In wissenschaftlichen Dingen soll man sich am wenigsten einer Illusion hingeben und so müssen sich die Freunde der Geographie gestehen, dass diese ihre Wissenschaft noch keineswegs jenen Standpunkt einnimmt, auf welchen Anspruch zu machen ihr gebühren sollte.

Der Historiker sieht mitleidig auf die Hilfswissenschaft herab, und der Naturforscher betrachtet sie für nicht viel mehr als ein parasitisches Gewächs seiner eigenen Wissenschaft. Der Aufschwung den die Geographie durch Ritter genommen hat, wird zwar von Niemand geläugnet, aber es fehlt auch nicht an Stimmen dafür, dass Ritter eigentlich eine ganz neue Wissenschaft geschaffen habe, welche von dem was man früher Geographie genannt, nicht einmal den Namen beibehielt, in der That auch ein Agregat von mehreren Wissenschaften sei, von Geographie, Naturkunde, Physik, Geschichte im weitesten Sinne, Statistik etc., also mehr eine encyklopädische Zusammenstellung mehrerer Wissenschaften, denn als organisch durchgebildete Eine Wissenschaft.

Es verlohnt sich jedenfalls der Mühe, dieser unläugbaren Sachlage tiefer auf den Grund zu gehen. Klagen über Vernachlässigung nützen genau so viel wie alle derlei Klagen, und jede Vernachlässigung ist am Ende nicht ohne innere Verschuldung.

Geographie ist ihrem Stoffe nach Erfahrungswissenschaft, und die Berichte der Reisenden sind zuletzt die Zeugenschaften, aus welchen sie entsteht. Wie sehr die Geographie durch autoptische Berichte tagtäglich gewinnt, ist bekannt, und in diesem Momente kann sie kein Vorwurf treffen.

Aber das Gegebene soll nun verglichen, aus dem Besonderen das Allgemeine abstrahirt werden, für den materiellen Stoff der Begriff gefunden, und die ungeheuere Masse der gewonnenen Erfahrungen in ein System gebracht werden — dadurch wird erst der Ballast von Reise-Notizen zur Wissenschaft der Erdkunde. Wenn es nun nicht an dem reichen Materiale liegt — welches durch Ritter's Methode und Erweiterung den weitesten Umfang erreicht hat — so kann es nur an der Bearbeitung des Stoffes liegen, also vor Allem an der Logik der Geographie, an der Bearbeitung der geographischen Begriffe.

Die Geographie hat mit allen Erfahrungs-Wissenschaften gemein, dass sie mit Schematen und Begriffen zu thun hat, deren Inhalt Jedermann geläufig zu sein scheint, weil die Gegenstände bekannt sind, auf welche sich dieselben beziehen. Es ist das derselbe Fall wie mit der Psychologie, wo man eben auch mit dem „Ich" leichten Kaufs im Reinen zu sein glaubt, weil man es täglich im Munde führt. Die erste Bedingung wissenschaftlicher Methode ist aber die Feststellung wissenschaftlicher Terminologie, feste Bezeichnung der Grundbegriffe. Fehlt es der Geographie daran, so ist es nicht zu wundern, dass sie als Wissenschaft etwas in Misscredit gekommen ist. Fehlt es daran, so ist aber die Bearbeitung der geographischen Grundbegriffe das erste und nöthigste Geschäft. Ob diess aber nothwendig sei, wird eine kurze kritische Uebersicht des in dieser Beziehung Geleisteten darthun.

Mehrfach wird auf Kant als Begründer der neueren Geographie verwiesen und wäre auch diess nicht der Fall, so würde der Königsberger grosse Denker jedenfalls unsere Aufmerksamkeit vor Anderen dadurch erregen, dass er die Geographie einer eigenen Bearbeitung würdigte. Kant hat nun jedenfalls das grosse Verdienst, den Umfang der Geographie richtiger bestimmt, das heisst für den dermaligen Standpunct weiter gezogen zu haben. Kant schrieb eine physische Geographie führte dadurch aus den Fesseln der Topographie und politischer Territorial-Beschreibung hinaus, durch ihn wurde das naturwissenschaftliche Element der Geographie für immer begründet, und in so ferne kann man ihn ohne weiters als den Vater der neueren Geographie begrüssen.

Merkwürdig aber ist es, dass über dem Umfang der Wissenschaft der Inhalt ihrer Begriffe ihm in einer Weise abhanden kam, die man bei einem so grossen Denker nicht vermuthen sollte. Es wird genügen einige seiner Definitionen hier nur anzu-

109

führen, deren augenfällige Mangelhaftigkeit jede weitere Kritik entbehrlich macht:

„Berge sind Erhöhungen über der Oberfläche der Erde. Wenn sich viele Berge beisammen finden, so nennt man sie ein Gebirge. Wenn aber ein solches Gebirge in einer immerwährenden Linie, sie mag gerade sein oder krumm, fortläuft, so heisst es eine Bergkette. Es besteht aber eine dergleichen Bergkette aus einem Stamme und aus Aesten. Der Stamm der Berge ist derjenige Ort, an dem viele Berge beisammen stehen. Aeste aber sind Berge, die nur aus dieser Linie entspringen und eine andere Richtung nehmen" [1]) u. s. w.

Ritter's Erdkunde ist ein unsterbliches Denkmal deutschen Fleisses und schaffenden Geistes, seine Aufgabe war aber eine wesentlich andere, eine grössere, als die Bearbeitung der vorhandenen geographischen Begriffe vorzunehmen, er gab desshalb auch keine strengen Definitionen, sondern Beschreibungen und Erläuterungen. Ritter's Schule scheint aber bisher mit der weiteren Entwicklung seiner Methode, bei der Anwendung derselben auf den Umfang der Erdkunde im Ganzen und Grossen oder in speciellen Verhältnissen, sich ausschliessend beschäftiget zu haben, und vergebens sucht man eine durchgreifende Revision der geographischen Begriffe.

Bekanntlich liegen Ritter's systematische Vorträge mehreren geographischen Werken zu Grunde und Ritter wurde dadurch veranlasst, sich über das Verhältniss seiner eigenen Arbeit zu denselben auszusprechen [2]). Er bezeichnete bei dieser Gelegenheit ein Werk, welches sein eigenes System mit der meisten Gewissenhaftigkeit wieder gegeben habe [3]). Sehen wir nach den Definitionen, so finden wir in diesem Werke z. B.:

---

[1]) Kant, Im., Vorlesungen über physische Geographie. Herausgegeb. von Dr. Fried. Rink. (Gesammelte Werke). Bd. VI. Leipzig, 1839, p. 524. u. s. f.
[2]) Erdkunde. Bd. II. S. 20. Note 42.
[3]) Die ersten Elemente der Erdbeschreibung. Berlin, 1830. 8. Diese Andeutungen sind ferne davon, eine Polemik zu bezwecken; da es sich nur um die Sache handelt, nicht um Personen, so habe ich bei allen folgenden Citaten die lebenden Autoren nicht genannt, da diese Werke ohnediess in den Händen Aller sind, die sich mit Geographie beschäftigen.

„Berggruppe als den haufenförmigen Zusammenhang mehrerer Berge." Es ist diess keine Erklärung, kaum eine Beschreibung, sondern vielmehr ein Bild, welches in seiner landschaftlichen Beziehung eigentlich zunächst auf die basaltischen Kegelgebirge passt. Der Unterschied von Gruppe und Kette ist weiterhin nirgends hervorgehoben. Beruht dieser Unterschied nicht wesentlich auf dem Begriffe von Gebirgs-Einsenkungen? die selbst wieder von Gebirgsspalten und Jochen unterschieden werden müssen. Man lässt gewöhnlich die Centralalpen vom Orteles bis zum Glockner in ungestörtestem Zusammenhange verlaufen, als mauerartige Kette, ohne der Einsenkungen der Malserhaide und des Brenner zu gedenken, welche über die Hälfte der mittleren Höhe des Gebirges herabreichen und die Oetzthaler Gruppe begrenzen.

Wir lesen weiterhin: „Eine Vertiefung die auf 2 Seiten von Bergen begrenzt wird, wird ein Thal genannt, wenn sie breit ist und sich weit hin erstreckt. — Schlucht ist diese Vertiefung wenn sie kurz und schmal ist."

Der Definition des Thales fehlt schon das wesentliche Merkmal, dass die Berge, welche die Seitenwände bilden, parallel sein müssen, sonst wäre jedes Tiefland, welches rechtwinklig von Bergen begrenzt wird, ein Thal. Sollen die Begriffe „breit" und „weithin" als wesentliche Merkmale gelten, so entsteht die Frage wie „breit und wie weithin?" Das lombardische Tiefland ist auch „breit" von den Alpen und Apenninen begrenzt, erstreckt sich „weithin" und ist doch kein Thal. Der wesentliche Unterschied von Thal und Mulde, letztere durch plutonische Erhebungen so häufig gebildet, ist an jener Stelle ganz ausser Acht gelassen.

In einem der ausgezeichnetsten geographischen Werke [1] findet man folgende Definitionen:

„Gebirge sind Bergketten und Berggruppen von bedeutender absoluter Höhe, welche festes Gestein — Felsen zur Grundlage haben." Derlei bedeutende absolute Höhen, welche kein festes Gestein zur Grundlage haben, dürften schwer nachzuweisen sein.

---

[1] Grundzüge der Erd- und Völker- und Staatenkunde. 2. Auflage. Berlin, 1837. 3 Thl. 8.

Und was ist festes Gestein? gehören nicht auch viele Conglomerate und Breccien dazu?

Wir finden weiterhin „Längenthal" bezeichnet als solches „welches mit der Hauptrichtung des Gebirges, dem es angehört, parallel streicht; — Querthal, welches eine der Haupterstreckung seines Gebirges entgegen gesetzte Richtung hat."

Humboldt nennt bekanntlich jene Thäler Längenthäler, welche mit dem Aequator parallel laufen; das ist zwar keine topische Definition, aber in letzterer Beziehung ist überhaupt jener Begriff noch allgemein sehr schwankend. Die Etsch entspringt zwischen zwei Widerlagen der Centralalpen, und in Bezug auf dieses „ihr" Gebirge müsste man nach jener Definition das oberste Etschthal ein Längenthal nennen. Weiterhin, heisst es gewöhnlich, durchbricht die Etsch die südliche Kalkkette, und in so ferne wäre das untere Etschthal, das sogenannte Lägerthal ein Querthal. Südlich von Botzen kann aber von keiner „Kalkkette" die Rede sein, dort stehen Gruppen verschiedener Gebirge in verschiedener Richtung. Der Monte Baldo aber, der die ausgezeichnete westliche Wand des unteren Lägerthales bildet, streicht mit demselben parallel von Nord nach Süd — in Bezug auf dieses „sein" Gebirge müsste man daher das untere Lägerthal wieder ein Längenthal nennen u. s. w.

Eine andere Definition lautet: „Stromschnelle heisst das schnellere Fliessen eines Gewässers unabhängig vom Gefälle, entstanden durch die plötzliche Verengung desselben. Wasserfall, Katarakt aber ist der plötzliche bedeutende Höhenunterschied im Gefälle." — Offenbar ist hier zuerst „Stromenge" mit „Stromschnelle" verwechselt, und der letztgenannte Begriff ist ganz übergangen. Ich erinnere mich aber nicht beide Begriffe irgend genau bestimmt gefunden zu haben. Eine Stromenge des Orinoko ist 890, jene der Donau im eisernen Thore 86 Klafter breit; die Entfernung beider Ufer kann also nicht wohl als Maasstab gelten, am geeignetsten dafür wäre vielleicht die Bestimmung nach Procenten oder aliquoten Theilen der mittleren Breite des Stromes.

Ein ähnlicher Maasstab dürfte für die Stromschnelle ausgemittelt werden, indem man die Zunahme des Gefälles nach aliquoten Theilen des mittleren Falles bestimmt.

Noch mangelhafter sind die Begriffsbestimmungen in anderen Werken, z. B.:

„Gebirgsketten oder Gebirgszüge" sind Gebirge, die sich in grosser Länge und in geringer Breite ausdehnen. — Thäler sind längliche, das Gebirge durchziehende, nicht sehr schroff abwärts führende Vertiefungen [1]).

In Balbi's „allgemeiner Erdbeschreibung" [2]) findet sich zwar ein eigenes Capitel „die geographischen Begriffe und Kunstausdrücke", aber die Definitionen sind auch hier sehr mangelhaft, z. B.: „Gebirge heissen die beträchtlichsten Erhöhungen, welche einen steilen oder wenigstens einen merklichen Abhang haben." — Berggruppe ist die Vereinigung mehrer Ketten, System die Vereinigung mehrer Ketten. — Hauptkette heisst jene, an deren Abhängen oder Gipfeln die grossen Flüsse entspringen" u. s. w. Es genügt nur, in Bezug auf letztere Definition insbesonders zu bemerken, dass östlich von der Quelle der Etsch in dem Zuge der Centralalpen kein „grosser" Fluss mehr entspringt; die Drauquelle liegt auf der Einsenkung eines Armes der Centralkette.

Auch eines der neuesten Werke, dessen Titel schärfere Begriffsbestimmungen vermuthen liesse, hat diesem Gegenstande keine besondere Aufmerksamkeit gewidmet [3]), wie folgende Definitionen beweisen: „Die Höhe oder die Erhöhung für sich ist der Berg, und Berge, seien sie gereiht oder gruppirt, heissen Gebirge" u. s. w. Im Gegentheile ist auch hier Umfang und Eintheilung der Geographie zwar schärfer als sonst wohl untersucht, eigentliche Begriffsbestimmungen aber findet man bei weitem weniger als selbst in andern Werken.

Die angeführten Beispiele werden zu dem Beweise genügen, dass eine Bearbeitung der geographischen Grundbegriffe ein dringendes Bedürfniss ist. Abgesehen von der Verwirrung, welche nothwendig in den Lehrbüchern der topischen Geographie selbst

---

[1]) Praktische Anleitung zum gründlichen Studium der Erdkunde für denkende Freunde dieser Wissenschaft.
[2]) Deutsche Ausgabe 3. Auflage. Pesth, 1842.
[3]) Philosophische vergleichende allgemeine Erdkunde als wissenschaftliche Darstellung der Erdverhältnisse und des Menschenlebens nach ihrem inneren Zusammenhange. Braunschweig, 1845. 2 Bde. 8.

durch jene Vernachlässigung entstanden ist, muss dieser Uebelstand sich um so bedeutender herausstellen, wenn es sich um Anwendung der Geographie auf staatliche Verhältnisse handelt, welche in neuerer Zeit immer mehr in Angriff genommen wird.

In späteren Mittheilungen werde ich mir erlauben, diesen Gegenstand weiter zu verfolgen.

Herr Dr. Boller beschliesst die Lesung seines Aufsatzes: „Ueber die Bildung secundärer Wurzeln im Sanskrit."

Wird der active Träger einer Thätigkeit erst in Folge einer äusseren Veranlassung wirksam, dann erscheint die mit dem Exponenten dieses Verhältnisses versehene Wurzel in der Causalform. Gleiches Verhältniss mit gleicher Bezeichnung findet Statt, wenn die im Begriffe eines Nennwortes befangenen und seine Natur bestimmenden Thätigkeiten auf ein anderes Object übertragen werden, welches dieselben zur Erscheinung bringt. Die Wurzel erhält hiebei, wenn sie primitiv ist, bei vocalischem Auslaute die stärkere Erweiterung (Wrddhi) eines einfachen Vocals, bei consonantischem Schlusse aber bleibt jeder von Natur oder durch Position lange Vocal unverändert, die übrigen kurzen Vocale nehmen die schwächere Steigerung in Guna, nur अ *(a)* wird meist lang. Secundäre Wurzeln so wie Nennstämme guniren nur auslautende Vocale, der Inlaut bleibt unverändert. Dem Auslaute आ *(à)* einer primitiven Wurzel wird प् *(p)* angefügt, die übrigen Vocale werden euphonisch verändert, Consonanten hingegen bewahrt. Der Exponent selbst ist अय् *(ay)*: भावय् *(bhàway)* hervorbringen, Dasein geben, von भू *(bhù)* sein; भेदय् *(bhêday)* spalten, spalten lassen von भिद् spalten. a. u. n. दापय् *(dàpay)* geben lassen, Busse zahlen lassen, von दा *(dà)* geben, मेघाय् *(mèghày)* sich mit Wolken bedecken, von मेघ *(mègha)* Wolke. Das schwache य schwindet zum Theile schon auf indischem Boden im Pràkrit und Pali; im Latein und Griechischen haben sich nur die Formen *ao*, (der ersten Conjugation mit steter Contraction) *eo*, (αω, εω, οω) erhalten, während das gothische in beiden Anwendungen dem mehr characteristischen *j (lagyan*, legen, von *ligan, managyan*, vermehren, von *managş*, viel) den Vorzug gab, bis in den jüngeren germanischen Formen alle äussere Bezeichnung schwand, und der Begriff im symbolischen Lautwechsel seinen Ausdruck suchte, wovon sich bereits Anklänge in den classischen Sprachen zeigen, wie gr. μένω, dem Zend. ‎‏ ‎‏ *upamānayen*, sie mögen erwarten, altpersisch, ‎‏ ‎‏ *amânaya* ich erwartete, lateinisch *maneo* gegenüber, beweist. Vergl. Altägyptisch ‎‏ *men*, fest stehen.

Da neutrale Wurzeln durch den Causalcharacter activ werden, so leuchtet ein, dass mit dem Verschwinden des neutralen Radicals, die active Form dem zunächst der Form zugewandten indischen Grammatiker eine Classe von activen Wurzeln darbot, an denen er den Causal-Exponenten ohne wirkliche causale Bedeutung fand, wodurch er zur Aufstellung einer besonderen Wurzelclasse, der X. bestimmt wurde.

Verfolgen wir die Darstellungsweise dieses Verhältnisses auf dem Gebiete anderer Sprachstämme, so finden wir im Altägyptischen ein vor den Wortstamm tretendes *s*, welches aus einfachen Verbalwurzeln und Nominalstämmen theils einfach, theils doppelt transitive Verbale bildet; ‎‏ (*s. ha*) setzen lassen von ‎‏ (*ha*) setzen; ‎‏ (*senhu*) binden, von ‎‏ (*nuh*) Strick.

s. ha. ku. i her rat. u. i
mache mich stehen auf meinen Füssen

s. herau na. i keke. u r tef. i
führe mich durch die Finsterniss zu meinem Vater.

Das Neuägyptische hat zwar in einzelnen Fällen, wo die Causalbedeutung nicht mehr gefühlt wurde, jenes *s* bewahrt, wie in ⲥⲱⲛϩ (*sonh*) binden, in der Regel aber dasselbe in ⲧ verwandelt. ⲧⲙⲁⲉⲓⲟ, rechtfertgen neben dem Altägyptischen ‎‏ *s. ma*.

Die semitischen Sprachen bilden ein Causalverbum, durch ein vor die Wurzel vortretendes أ, wobei die gesetzmässige Dreisilbigkeit den ersten Radicalbuchstaben nöthigt, seinen Vocal aufzugeben. أَنْزَلَ hat herabsteigen lassen, أَحْزَنَ hat betrübt, wobei es bei dem Reichthume der Formen möglich ist, feinere Schattirungen anderweitig zu bezeichnen.

Das Magyarische bildet seinen Causalausdruck durch das beim Passiv berührte *at, et, tat, tet*.

Die einsilbigen Sprachen unterscheiden den eigentlichen Causalausdruck von der einfachen Umwandlung eines neutralen Verbums in ein actives. Während letztere (im Tibetanischen und Birmanischen) in die Lautung der Wurzel selbst verlegt wird, (Tibet. durch Consonanten- und Vocal-Wechsel, Hinzufügung neuer Elemente, Vor- und Nachsetzung oder Veränderung der stummen Buchstaben. འགྱེ *(jè)* sich lösen, trennen, འགྱེད་ *(jèd)* trennen, zerstreuen, འགྱེལ་ *(jèl)* umfallen, སྒྱེལ་ *(cèl)* umwerfen, འཆད་ *(chad)* in Stücke gehen, zerbrechen, གཅོད་ *(cod)* abschneiden, trennen; Birmanisch durch Behauchung des Anlautes, wo er derselben fähig ist, und Einschaltung eines *h* nach demselben: *kyût* frei, los sein; *khyût* erhöhen, *lań* erschrocken sein, *lhań* erschrocken), bildet das wirkliche Causale ein Compositum, dessen erster Theil den Begriff der Veranlassung ausdrückt, und wozu die Wurzeln welche machen, senden, befehlen, bedeuten, verwendet werden, Chines. *ssè* befehlen, *tc'a* senden, Birm. *tsé* senden, Chin. *tso̊* machen, Tibet. འཇུག་ *(jug)* machen, welche selbst ihrem Lautinhalte nach zusammen gehören.

Die Malajischen Sprachen legen den Causalbegriff theils in das Präfix, wie die Tagalische, theils in das Suffix, wie die Javanische, Kawi und eigentlich Malajische, wobei letztere gewöhnlich auch eine Veränderung des Anlautes, im Malajischen jedoch nur in Verbindung mit einem Praefixe verbinden. Die Tagalische Sprache bildet den transitiven Ausdruck überhaupt durch Vorsetzung von *macà* und den speciell causalen durch *magpa*: *macà búhai* Leben hervorbringen, *macàhapis* Traurigkeit verursachen, *magpasúlat* schreiben lassen.

Die Javanische (und Kawisprache) bilden den transitiven Ausdruck durch Anfügung von ꦲꦶ *(hi)* das die Verdoppelung eines vorhergehenden Consonanten, Einschaltung eines zu verdoppelnden *n* nach einem Vocal, und die Umwandlung von *i* und *u* in *è* und *o* bedingt; gewöhnlich wird auch der anlautende harte Consonant in seinen Nasal verwandelt, dem weichen aber derselbe mit *a* (als ꦲꦤꦏ꧀) bloss vorgesetzt, während die Vocale und Halbvocale den gutturalen Nasal vorausschicken: ꦭꦏꦸ *(laku)* gehen, ꦔ꧀ꦭꦏꦺꦴꦤꦶ *(nglakonni)* ausführen. ꦲꦶꦭꦁ *(hilang)* verloren gehen, ꦔꦶꦭꦁꦔꦶ *(ngilangngi)* etwas verlieren.

Der Causal-Ausdruck im engeren Sinne wird durch Anfügung von ꦲꦏꦺ *(hakè) Ng*, ꦲꦏꦺꦤ꧀ *(haken) Kr.* und Kawi gebildet: wobei dieselben Veränderungen des Anlautes eintreten, den auf gleiche Weise wie vor ꦲꦶ *(hi)* behandelten Vocalen aber ein zu verdoppelndes ꦏ angefügt wird: ꦔꦶꦭꦁꦔꦏꦺ *(ngilangngakè N)* ꦔꦶꦭꦁꦔꦏꦺꦤ꧀ *(ngilangngaken) Kr. Kaw.* vernichten lassen. In vielen Fällen wird jedoch die Grenze zwischen beiden Ausdrucksweisen nicht beobachtet, obgleich erstere nie in das Gebiet der zweiten hinübergreift: ꦲꦼꦤꦼꦁꦔꦼꦤ꧀ꦤ ꦲꦶꦁ ꦭꦩ꧀ꦥꦲ꧀ꦤꦾ ꦱꦁ ꦤꦶꦮꦠ ꦏꦤ꧀ꦝꦼꦒ꧀ ꦭꦩ꧀ꦥꦃꦲꦶꦫꦺꦏꦶ *(hennengngenna hing lampahnya sang niwata kandeg lampahhirèki)* lasst uns schweigen von der Reise des Niwata, dessen Aufbruch gehindert wurde; neben ꦏꦮꦱ ꦱꦶꦫ ꦩꦠꦼꦤ꧀ꦤꦶ ꦩꦫꦶꦁ ꦔꦶꦁ ꦥꦚ꧀ꦕꦢꦿꦶꦪꦺꦏꦸ *(kawasa sira matènni maring nging pancadriyèku)*, ihr seid im Stande, diese Sinne zu tödten.

Im eigentlich Malajischen findet dieselbe doppelte Bildung Statt, mit vortretendem Suffixe من *(man)* das in Bezug auf den An- und Auslaut den oben gegebenen Gesetzen folgt. Die Unterscheidung wird noch weniger festgehalten, namentlich tritt *i* mehr in den Hintergrund und *kan* nimmt beide Gebiete ein.

Die Sprachen der Südsee bilden für beide Formen einen gemeinsamen Ausdruck, der jedoch auch in die neutrale Bedeutung zurückgreift, durch Vorsetzung von *waka* Neuseel. Rarotonga, *foekka* Tong., *faa* und *haa* Tah. *haa* und *hoo* Haw: *waka mate*, vernichten, schaden von *mate*, sterben, *waka u* aufrichten, stellen, *waka rongo*, benachrichtigen, *rongo*, hören, *foekka hingoa*, nennen, *hingoa*, Name, *foekka kei*, füttern, *kei*, essen, *hoolohe*, gehorchen, *lohe*, hören, *hookomo*, hineinstecken, *komo*, eintreten etc.

Wenden wir uns nun zu der Erklärung. Als Anhaltspunct bietet uns die Sprache das Casussaffix des Dativs, das in seiner Form mit den Causal-Exponenten zusammenfällt, und die Wurzel ई gehen, die in den starken Formen unter *Guna*-Erweiterung, erscheint. Auch hier scheint die verbale Erklärungsweise wie die nächste so die einladendste; dennoch vermögen wir sie nicht für ausreichend zu erkennen, namentlich spricht der Umstand gegen sie, dass die Sprache den wesentlichen Theil, der ihr organisches Leben selbst bedingt, den Vocalsymbolismus in den eigentlichen Wurzeltheil verlegt, und so jenem Exponenten eine bloss äussere Geltung zugesteht. Vielmehr kann jener sogar wegfallen ohne die Bedeutung der innerlich umgebildeten Wurzel aufzuheben. Jener Exponent kann daher nur die äussere Beziehung auf ein bestimmtes Object vermitteln und so tritt er in Gegensatz mit dem Passiv-Charakter. Während letzterer die Wirkungssphäre der Thätigkeit umschreibt, weist der Causal-Exponent dem objectiven Träger der Thätigkeit seine Rolle zu: जीवयामि मनुष्यम् (*jivayâmi manuschyam*), ich, lebe ihm, den Menschen.

Als gewichtigsten Einwand kann man die Incongruenz des Pronominalstammes mit dem secundären Objecte geltend machen und in der That müsste, vom Standpuncte der erhaltenen Sprache aus, eine solche Annahme zurückgewiesen werden. Diese Bildung greift aber zurück in eine Periode, wo uns die Denkmäler verlassen, und nur auf dem Pfade der Vergleichung ein weiteres Zurückgehen möglich wird. Hier erweisen sich die malayischen und Südseesprachen von wesentlichem Nutzen. Wie der Mensch noch ganz in der Natur befangen lebt, so trägt auch seine Sprache den sinnlichen Charakter unmittelbarer Anschauung; wie die Begriffe noch unklar und unentwickelt, so ist sein Wortvorrath verworren und gestaltlos. In Mittelpuncte der sinnlichen Erscheinungen bezieht er diese zunächst auf sich, und gibt ihnen, nach seiner individuellen Stellung Richtung und Ziel. Daher jener Reichthum an demonstrativ-Stämmen und das Streben, alle Verhältnisse durch dieselben zu bezeichnen. Denn mit der Erscheinung sucht er zugleich ihre Oertlichkeit zu bestimmen, und so werden ihm unsere Präpositionen Elemente der Erscheinung selbst, die er mit ihr zugleich setzt, und die er nicht zu trennen vermag. Man hat zwar mit Recht auf den glücklicheren Entwicklungsgang bestimmter Völker hingewiesen, der den Geist aus den sinnlichen Fesseln befreite; dennoch würde man sehr irren, wenn man das Dasein oder den Einfluss jener Uranfänge für sie in Frage stellen wollte. Man mag die naive Anschauung der Südsee-Insulaner, die bei jeder Handlung die Richtung gegen oder von sich ausdrücken, als etwas Kindisches belächeln, man vergisst aber, dass unsere Präpositionen aus derselben Anschauung hervorgegangen, ja, dass der regere Sinn der Indogermanen diesem Systeme eine noch weit grössere Ausdehnung gab. Allerdings schwinden mit der erwachenden Schwungkraft des Geistes jene sinnlichen Gränzen seines Blickes; wie die äussere Erscheinung mehr zurücktritt, und der synthetische Verstand das stolze Gebäude seiner Begriffe aufthürmt, zieht sich auch das Sprachleben mehr in seine vitalen Theile zurück, jene äusseren Stüizen verschmähend, bildet er seine Kategorien in den gedrungenen Gränzen des Lautes, verwendet aber jenes Aussenwerk im Um- und Neubau, der mit dem geistigen Fortschritte Hand in Hand geht. Nur hie und da bleibt ein Bruchstück, als Erbstück aus der Vorzeit zurück, unverstanden und an dem neuen Leben keinen Antheil nehmend.

Doch zurück zum Causal-Exponenten, den man noch diesen Andeutungen keinen Anstand nehmen wird, mit jenem malajischen ᬓᬾ zu identificiren. Der malajische Laut hat noch die Eigenthümlichkeit bewahrt, dass er das folgende Nennwort ohne Präposition zu sich nimmt, und also sich seiner eigenen demonstrativen Bedeutung nach bewusst ist. Noch mehr; die javanische und Kawi-Form des speciellen Causals auf ꦲꦏꦺ (*hakè*) und ꦲꦏꦺꦤ꧀ (*haken*) ist wie dem Laute, so gewiss auch der Bedeutung nach die Präposition اكن (*akan*) zu, an, Zeichen des Dativ's des eigentlich malajischen. Letztere Sprachen haben hierin den Vorzug, dass sie das eigentliche Causal von dem bloss transitiven Verbum unterscheiden, ja sie erklären auch gewissermassen die Uebereinstimmung des Dativ-Affixes mit dem Causal-Charakter. Letztere findet auch in dem Umstande eine Bestätigung, dass die neu-indischen Sprachen dasselbe Affix (स्) gebrauchen und selbst in den romanischen Sprachen die ursprüngliche Anschauungsweise sich geltend macht, wenn sie eine Causalform durch Umschreibung ausdrücken. Wir legen daher den eigentlichen Träger der Causalbedeutung in die Wurzel selbst, und finden ihn in dem Vocalwechsel der schon in der vorgeschichtlichen Periode der Sprache thätig, zuletzt allein zur Herrschaft gelangte, und diese in den germanischen (wie bereits in Griechischen) ausschliessend behauptet.

Was die Formen der übrigen Stämme betrifft, so wird man in dem ägyptischen *s* ein Objectiv-Präfix, analog dem magyarischen *ya, i* der bestimmten Conjugation zu suchen haben, und das neu-ägyptische *t* als eine Erhärtung von *s* erklären, wenn sich nicht erweisen lassen sollte, dass dieses *s* selbst aus einem früheren *t* hervorgegangen.

In den semitischen Formen, in welchen die Vocalsymbolisirung überhaupt die vorherschende Rolle spielt, wird man zunächst auf diesen gewiesen, doch dürfte auch hier noch der Rest eines früheren Demonstrativ's anzunehmen sein.

Die magyarische Form wurde beim Passiv besprochen. Die tibetanische und birmanische Sprache haben wenigstens den Unterschied der Wurzelbedeutung in den Laut selbst gelegt, und namentlich hat erstere eine Reihe von Formen geschaffen, welche der Unterscheidung genügt. Die malajischen Sprachen verdienen namentlich in Bezug auf ihre Präfixe besondere Beachtung, in denen sich zuerst das Streben kund gibt, den starren Theil des Wortvorrathes von dem wandelbaren zu sondern, was die tagalische Sprache auch vollkommen durchführt. Die polynesischen Sprachen stimmen in Bezug auf das Causalverbum vollkommen, selbst dem Laute nach, mit dem letzteren.

Noch bleibt mir eine Erscheinung der Causalwurzel zu erklären, die Anfügung eines प् an die mit आ auslautenden Wurzeln vor dem Antritte des Causal-Exponenten. Untersucht man die Erscheinung näher, so zeigt sich eine Reihe von Wurzeln, welche mit und ohne य् erscheinen, ohne ihre Bedeutung wesentlich zu ändern; doch scheint die transitive vorzuherrschen, wie लू schneiden und लुप् *id.* दीप् (dîp), leuchten, (दी) दी *id. ru-o*, stürzen, *ru-m-po*, stürzen machen, brechen. Hieraus ist man zu dem Schlusse berechtigt, dass die Anfügung von य् von der Causalbildung unabhängig ist, da selbst Causalformen mit य् ohne den Exponenten desselben erscheinen; so lateinisch *dam-num*, Schadenersatz aus einer Wurzel *dap*, mit assimilirtem *p*; griechisch δαπάνη Aufwand etc. Man kann demnach das *p* als Objectiv-Affix erklären, analog dem ägyptischen *s*, dem koptischen ⲥ das nachgesetzt wird; vergl. ⲤⲰⲠⲤ, bitten mit ⲤⲠⲤⲰⲠ. Dass man in dem Lippenconsonanten einen Pronominalstamm zu suchen habe, beweist die Prädicativ-Wurzel *pu* ägyptisch, sanscr. भू werden, *fio*, welche bereits Schwartze mit dem ägyptischen Artikel *pe* und der Präposition (अ)भि, ــِ فِ zusammengestellt hat.

Intensiv.

So nennen wir eine Wurzelform, welche die oftmalige Wiederholung, die Stärke und den Umfang einer Thätigkeit bezeichnet. Die Wurzel selbst erscheint reduplicirt, wobei die Wurzelvocale *i, î, u, û* gunirt, अ hingegen verlängert, oder durch Aufnahme des folgenden Nasals oder र् erweitert wird. Gewöhnlich erhält die neugebildete Wurzel den Präsens-Charakter der IV. Classe य् und nimmt dann die Medial-Affixe zu sich. चेचीय् oft sammeln oder चेचि, und देदीय् oder देदीप् sehr glänzen. Diese Bildung scheint sich bloss auf die östlichen Zweige des indogermanischen Stammes zu beschränken, und nur einzelne Beispiele finden sich im Griechischen wie δαρδάπτω von δάπτω zerreissen. Die Bedeutung fliesst aus der Verdopplung, welcher das bereits zum Durchbruch gelangte Sprachgefühl die Erweiterung des Vocals beifügte. Die an sich klare Geltung der Reduplication, wird durch die Vergleichung mit andern Stämmen, namentlich jenen, welche einer mehr sinnlichen Anschauung Ausdruck geben, näher dahin bestimmt, dass dieselbe wirklich die volle Wurzel vertritt; vergl. alt-ägyptisch *petpet*, in die Flucht schlagen, neu-ägyptisch ⲱⲟⲕⲱⲉⲕ scharf, spitzig sein.

Eben so bieten die semitischen Sprachen eine Anzahl Quadrilitereu, welche durch Verdopplung entstanden sind. In den einsilbigen Sprachen sind diese Wurzelverdopplungen recht eigentlich zu Hause, und sie haben hier, wie in den malajischen und polynesischen Sprachen ein weiteres Gebiet, indem sie, wie die Hieroglyphe bildlich, die Mehrzahl und Steigerung bezeichnen.

Tibet. འགོ་འགོ་བ (*gô-gô-wa*) öfter gehen སློག་སློག་བ. (*log. log. pa*) oftmals lesen; malaj. کِرَکِرَ (*kirakíra*) vermuthen, برجراي چراي *bercerei-cerrei*, sich zerstreuen, Javanisch: ꦔꦺꦴꦪꦒ꧀ꦔꦺꦴꦪꦒ꧀ *ngoyagngoyag* von *koyag* anhaltend sich bewegen, ꦲꦤ꧀ꦢꦼꦩ꧀ sich an etwas ergötzen von *sem*.

Die Sprachen der Südsee gebrauchen solche Formen noch öfter, und zwar mit voller oder theilweiser Wiederholung: *wehe wehe*, trennen; *tirotiro riri*, zornig aufblicken; *kanikani*, tanzen; *tatari*, erwarten; *piperi*, drängen.

Desiderativ.

Eine Wurzelform die nur den östlichen Zweigen eigen ist, und den Wunsch oder die Geneigtheit eine Thätigkeit auszuüben, in einen Zustand überzugehen, bezeichnet. Die Wurzel erhält Reduplication mit dem Vocale *i*, der jedoch einem folgenden *u*-Elemente assimilirt wird, und fügt an das Ende, an einfachen Wurzeln zum Theil unmittelbar, ausserdem mittelst bindenden *i* den Charakter स्. In den westlichen Sprachen lassen sich die Inchoation auf *sco* hieherziehen, wie auch einzelne Reste, z. B. lateinisch *gnarus* neben sansc. जिज्ञासु erforschen, γιγνώσκω, μιμνήσκω, neben मीमांस् durchdenken etc.

In den übrigen Sprachstämmen findet sich keine entsprechende Bildung. Man ist daher bei ihrer Erklärung auf die Sprache selbst beschränkt, und auch diese bietet keine besonderen Anhaltspuncte. Obgleich die Beziehung zur Wurzel इष् wünschen, keineswegs zufällig ist, und Wurzelverbindungen selbst im Sanscrit nicht ganz unerhört sind, so dürfte diese Zusammenstellung doch keine befriedigende Lösung, namentlich nicht für die westlichen Formen geben. Vielleicht liegt für die eigentlichen Inchoativen, welche ohne Reduplication erscheinen, und denen im Sanscrit हु und सु parallel geht, der Stamm der Wurzel अच् (anc) gehen, zu Grunde, dessen a in der Verbindung ausfällt. Am nächsten liegt die vedische Präposition अच्छ (accha) hinzu: vor (coram), welche Benfey auf अक्ति, gewiss mit Recht, zurückführt, so dass man auf die Wurzel ईक्ष्, iksch, schauen, अश् aç, durchdringen, gelangen, zurückgeführt wird. Die Reduplication des eigentlichen Desiderativs schliesst sie an die Präsensformen der reduplicirenden 3. Wurzelclasse, der Ausdruck des Wunsches aber scheint in dem Charakter i zu liegen, da die Wurzel ohne Reduplication überhaupt die Gewohnheit, Uebung oder Wiederholung bezeichnet, wie sich aus einer Reihe von solchen Wurzeln entnehmen zu lassen scheint. Von Wichtigkeit ist die Vergleichung mit den Denomitivformen auf ईय् (îy), welche besonders im Veda häufig, was Verlangen nach dem ausdrückt, was das zu Grunde liegende Nomen aussagt.

Die ägyptischen Formen mit hinten angefügtem C scheinen gleichfalls eine solche Beziehung anzudeuten, und selbst das sogenannte ω intensivum, welches vor die Wurzeln tritt, liegt jenem sanskritischen स der Habitualität am nächsten. Die polynesischen Formen mit vorgesetztem *hia*, welche Verba neutra bilden: *hia kai,* hungern (siehe oben Passiv), führen auf eine Wurzel *Tong fia N. S. hia,* wünschen, wollen.

Herr Regierungsrath Chmel liest die Fortsetzung seines Aufsatzes:

„Ueber die Pflege der Geschichtswissenschaft in Oesterreich."

Vorerinnerung.

Ich sehe mich veranlasst, meine Vorträge über „Pflege der Geschichtswissenschaft in Oesterreich" mit ein paar Worten zu rechtfertigen:

Um das Gebiet des Wissens zu erweitern (allerdings Hauptaufgabe einer Akademie, wenn auch nicht die einzige), muss man dasselbe durch und durch kennen, das ganze Feld übersehen. Wer das Alte nicht kennt, kann Neues kaum finden, wenigstens darüber nicht vollständige Rechenschaft geben.

Geschichte ist vor allen andern Wissenschaften erst allmähliger Ausbildung bedürftig, je reicher ihre Quellen fliessen, desto sicherer wird sie. Sie ist mehr als jede andere abhängig vom Zusammenwirken Vieler.

Die Literatur ist die Leuchte der Geschichte, darum müssen beide auf's engste sich verbinden. Auf den Schultern des Einen kann der Andere weiter sehen. —

Was früher geleistet wurde, was Dieser und Jener arbeitete muss man kennen und benützen.

Leider fehlt es unserer österreichischen Geschichts-Literatur an den nöthigsten literarischen Hilfsmitteln, vorzüglich an Uebersichten, Verzeichnissen, Realcatalogen. Wir vermissen schmerzlich jene förderlichen Nachweisungen, welche so vielen andern fremden Staaten und Völkern zu Gebote stehen.

Was wir haben, ist veraltet, ist mangelhaft und weit zurück. Vogel's Specimen Bibliothecae Austr. ist vor 70 Jahren, Weber's Handbuch vor 50 Jahren erschienen. Was ist seitdem geleistet worden, was ist beiden Sammlern nicht entgangen? Und wie unbekannt sind überdiess noch dazu diese Werke. Ein sehr ausgezeichneter Geschichtschreiber Oesterreichs hatte schon mehrere Bände seines Werkes geschrieben, ohne nur eine Ahnung zu haben, dass ein solches Werk wie Vogel existire.

Um nun besonders die jüngere Generation, auf welche unsere Hoffnung gerichtet ist, die berufen sein dürfte, die vaterländische Geschichte zu regeneriren und des Namens einer Wissenschaft würdig zu machen, in ihren Arbeiten zu fördern, sie auf das, was existirt, aufmerksam zu machen, ihr die Lücken anzudeuten, welche ausgefüllt werden sollten, habe ich diese Vorträge begonnen, sie sind für den jungen Nachwachs bestimmt, sie sollen anregen.

Aber auch an und für sich ist eine Darstellung und eine kritische Uebersicht der Geschichts-Literatur, wie ich glaube, nichts Ueberflüssiges.

Es gibt eine Geschichte der Geschichte, so wie jeder andern Wissenschaft. Eine Literatur-Geschichte muss die allmähligen Fortschritte der Historiographie und ihren Wechsel schildern.

Die Schicksale der Geschichtswissenschaft, namentlich in
Oesterreich, und besonders in den letzten dreissig Jahren, wo
man sie für überflüssig, ja für gefährlich hielt, und die Jugend
zu ihrer Vernachlässigung aufforderte, sind der nähern Untersuchung wohl werth.

Ueberhaupt ist Literaturgeschichte in Verbindung mit Cultur- und Sittengeschichte, ohne Zweifel unter allem was wissenswerth ist, das Edelste, das Nützlichste.

Ich glaube somit Vorträge über die „Pflege der Geschichtswissenschaft in Oesterreich" gerechtfertigt zu haben, es sind
kritische Fingerzeige.

Zu gleicher Zeit erschien ein anderes Werk über die Topographie des Landes unter der Enns (von 1831—1841) von
Schweickhardt[1]), das neben einigen guten Materialien und
Notizen (er konnte die Sammlungen Baron Penkler's und
Adrian Rauch's benützen) sehr viel Spreu und Unverbürgtes
brachte, dafür aber bereit liegendes Material aus Unkenntniss
liegen liess.

An Thätigkeit und Fleiss liess es der Verfasser, wie es
scheint, nicht fehlen, aber Quellenkenntniss und kritische Umsicht mangelt durchaus. Für einen Einzelnen war dieses Unter-

---

[1]) ,,Darstellung des Erzherzogthums Oesterreich unter der Enns, durch umfassende
,,Beschreibung aller Burgen, Schlösser, Herrschaften, Städte, Märkte, Dörfer,
,,Rotten etc. etc. topographisch-statistisch-genealogisch bearbeitet, und nach den
,,bestehenden vier Kreis-Vierteln alphabetisch gereiht. Von Fr. Schweickhardt
,,etc. etc. Wien, 1831. In Commission in der Schmidl'schen Buchhandlung. In 8o
mit Kupfern. Zusammen 37 Bdd. Das Viertel unterm Wienerwald 7 Bdd.; das Viertel
oberm Wienerwald 14 Bdd.; das Viertel unterm Manhartsberge 7 Bdd., das Viertel
oberm Manhartsberge 6 Bdd. (unvollendet), die Haupt- und Residenz-Stadt Wien
3 Bdd. Es fehlen noch die ehemaligen Herrschaften Albrechtsberg, Breiteneich,
Burgschleinits (zweimal, Fideicommiss- und Pfarrherrschaft), Eggenburg (Stadt
und k. k. Stiftungsfonds-Herrschaft), Eisgarn, Gföhl, Gmünd, (Stadt und Allodialherrschaft, dann Pfarrherrschaft), Göpfritz, Greillenstein, Gross-Pertolz, Gross-Poppen, Haindorf, Idolsberg, Kattau, Langenlois (Markt), Maigen, Meyres, Nieder-Fladnitz, Nieder-Kreuzstetten, Nieder-Ranna, Pöggstal, Prutzendorf, Rapottenstein, Rastbach, Reinprechtspölla, Roregg, Rosenau, Schwarsenau, Spitz, die
freien Gemeinden Stiefern, und Thürneustift, Stockern, Theras, Therasberg,
Weitra (Bürgerspitalsherrschaft und Fideicommissherrschaft) Wildberg — also 45
Herrschaften; es ist mithin kaum die Hälfte des Viertels bearbeitet. — Bei allen
Fehlern und Mängeln ist das Schweickhardtische Werk doch dem Geschichtsforscher so wie dem Topographen und Statistiker unentbehrlich, darum ist diese
Lücke sehr empfindlich. — Es ist doch eine eigene Sache, dass selbst umfangreiche Werke einen Gegenstand nicht erschöpfen, so auch die Hormayr'sche Geschichte Wiens. —

nehmen jedenfalls zu schwer, selbst wenn die umfassendsten und gründlichsten Vorstudien durch dreimal längere Zeit vorausgegangen wären.

Auch Schweickhardt's Topographie blieb unvollendet, so wie seine Perspectivkarte des Landes unter der Enns, von der kaum der vierte Theil erschienen ist (63 Blätter mit eben so viel Heftchen Beschreibung).

Nach unserer Ueberzeugung ist etwas Gediegenes und Vollständiges nur von vereinten Kräften zu erwarten, und anzusprechen.

Fassen wir einmal den Umfang und die Schwierigkeit der Aufgabe näher ins Auge.

Das Land unter der Enns und seine Geschicke sollen dargestellt und geschildert werden, treu und wahrhaft, genau und ausführlich.

1. Die Natur des Landes und seiner Bewohner.
2. Die Wohnplätze derselben, einst und jetzt.
3. Die Abstammung derselben nach den Volksstämmen und ihrer Sprache.
4. Die gesellschaftliche Verfassung in der diese Bewohner lebten und leben nach den verschiedenen Ständen und ihre Rechte.
5. Die staatliche Verfassung und ihre politischen Veränderungen.
6. Die religiösen Ansichten dieser Bewohner und ihr kirchliches Leben.
7. Die Sitten und die Bildung dieser Bewohner.

Nach dieser siebenfachen Gliederung umfasst eine gründliche und vollständige Landeskunde die Kenntniss:

Erstens der Naturgeschichte des Landes unter der Enns.
Zweitens der Topographie desselben.
Drittens der Sprache und ihrer Denkmäler.
Viertens der Rechtsgeschichte und ihrer Denkmäler.
Fünftens der politischen oder Staatsgeschichte.
Sechstens der Religions- und Kirchengeschichte.
Siebentens der Cultur-, Literatur- und Kunstgeschichte desselben.

Lassen Sie uns nun diese sieben Zweige eines Baumes näher in's Auge fassen.

Zuvor muss ich Sie aber an ein wissenschaftliches Unternehmen erinnern, welches vor beinahe zwanzig Jahren hier in Wien angeregt wurde, nach einiger Zeit auch theilweise zur Ausführung, leider aber auch ebenso bald wieder in's Stocken kam, wie so viele, ja die meisten literarischen Unternehmungen, die auf ein Zusammenwirken Mehrerer berechnet sind. Ich meine die „Beiträge zur Landeskunde Oesterreichs unter der Enns." Herausgegeben auf Veranlassung der Nieder-Oesterreichischen Stände von einem Vereine für vaterländische Geschichte, Statistik und Topographie. [1])

---

[1]) Es erschienen die ersten zwei Bände im Jahre 1832, der dritte im Jahre 1833, der vierte und letzte im Jahre 1834. Dass in diesen vier Bänden allerdings nicht wenig Interessantes und Gediegenes zu Tage gefördert wurde, geht aus dem Inhalte der darin vorkommenden Aufsätze hervor, daher ich es für erspriesslich halte, eine Uebersicht desselben hier mitzutheilen:

Beiträge zur Landes-Kunde Oesterreichs unter der Enns. Herausgegeben auf Veranlassung der Nieder-Oesterreichischen Stände von einem Vereine für vaterländische Geschichte, Statistik und Topographie.

Erster Band. Mit 11 Holzschnitten, 4 lithographirten Karten und 2 Kupfertafeln. Wien 1832. in Commission der F. Beck'schen Universitätsbuchhandlung. X. 341 S. 8°·

Inhalt: Einleitung. S. III.

1) Einige Worte über den dermaligen Stand der Landwirthschaft in Nieder-Oesterreich. S. 1.

2) Das Erzherzogthum Oesterreich, verglichen mit mehreren Provinzen des Kaiserstaates in Hinsicht auf Volksunterricht und Verbrechenzahl. Von Dr. Johann Springer, k. k. Professor der Statistik an der Wiener Universität. S. 57.

3) Bemerkungen über die Mundart des Volkes im Lande Oesterreich unter der Enns. Von Franz Tschischka. S. 74.

* 4) Die Denksäule nächst Wiener-Neustadt, Spinnerin am Kreuze genannt. Beschrieben und historisch erläutert, von Ferdinand Karl Boeheim. S. 96. Mit 11 Holzschnitten und 2 Kupfertafeln.

* 5) Ueber die Gränzen des Landes Oesterreich unter der Enns. Von Johann Philipp Weber. S. 169. Mit 3 lithographirten Kärtchen.

6) Darstellung der pflanzen-geographischen Verhältnisse des Erzherzogthums Oesterreich unter der Enns. Von Johann Zahlbruckner. S. 205.

7) Ueber die geognostische Untersuchung Oesterreichs. Von Paul Partsch. S. 269.

8) Ueber die Ausarbeitung einer Fauna des Erzherzogthums Oesterreich, nebst einer systematischen Aufzählung der in diesem Lande vorkommenden Säugethiere, Reptilien und Fische, als Prodrom einer Fauna derselben. Von L. J. Fitzinger. S. 280.

Zweiter Band. Wien 1832. Mit 2 lithographirten Tafeln. 315 S. 8°·

Inhalt: 1. Systematisches Verzeichniss der Schmetterlinge im Erzherzogthume Oesterreich. Von Vincenz Kollar. S. 1.

2) Uebersicht der Geschichte Oesterreichs unter der Enns, während der Herrschaft der Römer. Von Joseph Cales. Arneth. S. 102.

Nach meinem Erachten kann doch nur von einem Vereine vieler und verschiedener wissenschaftlicher Capacitäten das Zustandekommen eines wirklich befriedigenden Werkes über „Landeskunde des Erzherzogthums Oesterreich unter und ob der Enns" gehofft und erwartet werden.

So wie alle Erfahrungs-Wissenschaften die „Geschichte" benöthigen, ohne Geschichte gar nicht existiren würden, so bedarf die „Geschichte" auch ihres Lichtes, sonst entbehrt sie aller Wissenschaftlichkeit, wird ein ganz unkritisches Gewäsche oder einseitiges Berichten über Dinge, welche höchst untergeordnet sind, indess die wichtigsten Verhältnisse unberührt bleiben und unverstanden. —

Gehört es nicht zur Geschichte des Landes, zu wissen, wie dasselbe entstanden ist und sich nach und nach gebildet hat, auf welchem Boden stehen wir und wandeln wir? —

3) Bemerkungen über die Mundart des Volkes im Lande Oesterreich unter der Enns, (Fortsetzung) Von Fr. Tschischka. S. 148.
4) Ueber die Höhe des St. Stephans-Thurmes in Wien, und dessen Erhöhung über einige Puncte des Wasserspiegels der Donau und über die Meeresfläche. Von Carl Myrbach von Rheinfeld. S. 215. Mit 2 lithographirten Karten.
*5) Der Rittergau im Parke zu Lachsenburg. Geschildert von F. C. Weidmann. S. 273.
Dritter Band. Wien, 1833. 221 S. 8⁰.
Inhalt: *1) Andeutungen zur Geschichte und Beschreibung des bürgerlichen Zeughauses in Wien. Von J. Scheiger. S. 3.
2) Systematisches Verzeichniss der im Erzherzogthume Oesterreich vorkommenden geradflügeligen Insekten. Von Vincenz Kollar. S. 67.
3) Systematisches Verzeichniss der im Erzherzogthume Oesterreich vorkommenden Weichthiere, als Prodrom einer Fauna derselben. Von L. F. Fitzinger. S. 88.
*4) Bemerkungen über die Mundart des Volkes im Lande Oesterreich unter der Enns. Von Franz Tschischka. (Schluss.) S. 123.
5) Gärten und Garten-Kunst in Oesterreich. Von Carl Ritter. S. 131.
6) Alphabetisches Verzeichniss aller Orte Oesterreichs nach ihrer geographischen Länge und Breite. Von J. J. Littrow. S. 146.
Vierter Band. Wien 1834. Mit einem * Kupferstiche und einem Holzschnitte. S. 285. 8⁰.
Inhalt: *1) Die Burg zu Wiener-Neustadt und ihre Denkwürdigkeiten. Historisch und archäologisch beschrieben von Ferdinand Karl Boeheim (mit 1 Holzschnitte und einem Kupferstiche). S. 1. (Sehr interessant.)
2) Alphabetisches Verzeichniss aller Orte Oesterreichs nach ihrer geographischen Länge und Breite. Von J. J. Littrow. (Beschluss.) S. 84.
*3) Der Rittergau im Parke zu Lachsenburg. Geschildert von F. C. Weidmann. (Beschluss.) S. 131.
4) Beiträge zur cryptogamischen Flora Unter-Oesterreichs. Von Friedrich Welwitsch S. 156.
*5) Herrschaft Wetzles. Von Johann Frast. S. 274. (Die Herrschaft heist eigentlich Dobra. — Nachrichten vom Geschlechte der Dobra. — *Interessante Briefe der Kaiserin Eleonore dritten Gemahlin K. Leopolds I. an ihre Kammerfrau, Magdalena Henriette Freiin von Schäfer.)

Gibt es keine Urkunden, die uns darüber Aufschluss geben? Ja wohl, die älteste Geschichte des Landes liefert uns der Geolog, der Physiker, der Geograph, ihre Forschungen müssen uns darüber belehren, wie sich Oesterreich nach und nach gebildet hat. — Das Wiener-Becken ist der Boden eines grossen Landsees. — (Spuren einer früheren Bevölkerung, Beschiffung dieses Sees. — Ist es wahr, dass man an der Wand in der Nähe von Wiener-Neustadt eiserne Ringe fand, woran die Schiffe befestigt waren? s. Schmidls Schneeberg S. 49.)

Die Hydrographie muss im Vereine mit der Geschichte die Veränderungen des Laufes der Donau, dieses Hauptvehikels der Cultur, durch die, man darf es sagen, die ganze Gestaltung unserer Geschichte wesentlich bedingt war, beleuchten. Wie lückenhaft ist darin bisher noch unsere Kenntniss.

Naturgeschichte im weitesten Umfange des Wortes, Oekonomie und Medicin werden im Bunde mit der Geschichte zur Beleuchtung der Zustände und Geschicke des Landes unendlich viel beitragen können, kaum thut es Noth, Beispiele anzuführen. Doch wollen wir es thun.

Nur im Vereine naturwissenschaftlicher und geschichtlicher Kenntnisse sind Aufschlüsse möglich über früheren Bergbau, über frühere Oekonomie, über frühere Technologie, über frühere Kunst und Literatur im Lande Oesterreich. — Wie wichtig sind zur Beurtheilung der früheren Cultur-Geschichte nicht genaue Kenntnisse aller Fächer des menschlichen Wissens, um dieselbe weder zu unterschätzen noch zu überschätzen.

Muss eine Geschichte der Wiener-Universität, auf die wir noch später insbesondere zurückkommen werden, nicht den frühern Zustand der Naturwissenschaften und insbesondere der Medicin, so wie auch der Mathematik, der Astronomie u. s. w. berücksichtigen? Sollen da nicht vereinte Kräfte etwas Tüchtiges liefern können? Ja — aber auch nur vereinte Kräfte [1]).

---

[1]) Ich habe in meinen „Materialien" (Band II. S. 393—401) aus einem Codex MS. der k. k. Hofbibliothek (Nr. 5400) eine Apotheker-Taxe aus dem 15. Jahrhundert, eine andere aus der Handschrift Nr. 5155 mitgetheilt. Im „Geschichtsforscher" Bd.

Wie wichtig ist nicht die Geschichte der **Krankheiten, Epidemien** und **Seuchen**, welche mit der Sittengeschichte und der Culturgeschichte im innigsten Zusammenhange stehen.

Die Geschichte der **Spitäler, Wohlthätigkeitsanstalten, der Blinden-, Taubstummen-Institute,** der **Heilanstalten für Irrsinnige** u. s. w., ist sie nicht auf's genaueste verwebt mit unserer Culturgeschichte. —

O gewiss bieten die **Naturwissenschaften** ungeheuer viel Stoff zur interessantesten Darstellung früherer Zustände dar und es wäre ein Verein für diesen Zweck sehr erspriesslich. — Was könnten da für Fragen zur Sprache kommen und wie viele derselben auch glücklich gelöst werden!

Welch ungeheures Feld für Forschungen und gelehrte Arbeiten bietet nun die zweite Abtheilung, die **Topographie** dar, sie verfolgt alle Spuren, wo einst Menschen gehaust und gewirkt haben im Laufe der Zeiten. — Alle Ueberbleibsel menschlichen Thuns und Treibens sind ihr wichtig. — **Ruinen, alte Wälle und Gräben (Befestigungen), Gräber** berücksichtigt der Topograph und sucht sie auf; er bemüht sich, aus den Ueberbleibseln auf die Zeit ihres Entstehens, auf den Grad der Cultur zu schliessen, die sie andeuten. — Was wäre in dieser Beziehung noch alles zu leisten. Ausgrabungen zu veranstalten, Untersuchungen zu pflegen, falsche Ansichten zu berichtigen, durch Zusammenstellung des Bekannten gewisse Verhältnisse zu beleuchten, durch Combinationen und Vergleichungen so manche neue Aufschlüsse zu erreichen, wäre einem thätigen Vereine von Topographen allerdings möglich. — Wie weit sind wir aber darin zurück. — Ich will von der frühesten Zeit schweigen, obwohl auch von dieser Spuren zu verfolgen sind, aber wir sind ja mit unsern **römischen Ansiedlungen** nicht im Reinen, wir haben in unserer Nähe das bedeutende **Carnuntum,** was hat man gethan seit **Lambecius** für seine Er-

---

I. S. 50—63 stehen „Beiträge zur Geschichte der Wiener-Universität im fünfzehnten Jahrhundert" — darunter das zweite Stück so wie das dritte nur durch den sachkundigen Dr. Eichenfeld enträthselt und (vortrefflich) erläutert wurde; das letztere zählt die damals gangbare medicinische Literatur auf. — Ich glaube nicht, dass bisher noch von diesen Notizen Gebrauch gemacht wurde, selbst nicht in Schriften, welche die Geschichte der medicinischen Facultät in Wien speciell besprechen. —

innerung? Ja hier in Wien selbst mit welcher geringen Aufmerksamkeit wurden seit mehr als 70 Jahren die auftauchenden Ueberbleibsel römischer Cultur behandelt, konnte nicht schon längst durch ein kräftiges Zusammenwirken eine grossartige Ausgrabung veranstaltet werden? [1] — Eben so wenig sind wir mit der Topographie Wiens im Mittelalter im Reinen, so schätzenswerthe Beiträge unser correspondirendes Mitglied Schlager über einige Plätze der Stadt uns geliefert hat, die freilich selbst hie und da der Controverse Raum lassen.

Selbst aus der neuern Zeit ist unsere Lokalkenntniss Wiens nichts weniger als vollständig, eine grosse Anzahl von Capellen und Kirchen ist verschwunden, und man kann ihren Platz, wo sie gestanden sind, nicht mehr mit Gewissheit angeben, die zahlreichen Umbauten haben Gässen wie einzelne Häuser verschwinden lassen. Wäre es nicht höchste Zeit, die Topographie des alten Wien zum Gedächtniss für das neue in einem vollständigen Bilde zu fixiren für alle Zeiten. — Da wäre nun ein Verein wirkliches Bedürfniss. —

Die Geschichte und Topographie Wiens ist wahrlich nicht arm an Bearbeitern, eine grosse Zahl von Büchern und Aufsätzen haben sich seit Jahrhunderten damit beschäftigt. Eine Bibliotheca Viennensis würde einen geräumigen Saal füllen, ein Verzeichniss derselben wäre höchst erwünscht.

In der letztern Zeit hat die Lust und Liebe zur Sammlung und Aufbewahrung von Quellen zur Geschichte und Topographie Wiens auf erfreuliche Weise zugenommen, es käme nur darauf an, diese Freunde und Kenner zu vereinigen, das ist aber freilich schwieriger als man glauben sollte.

Ich will hier nur jene Männer nennen, welche sich in der letzteren Zeit um die Geschichte Wiens und seine Topographie, die man nicht trennen kann, durch ihre Leistungen verdient gemacht haben (seit Hormayrs Abgang aus Oesterreich).

---

[1] In neuester Zeit hat ja unser correspondirendes Mitglied Friedrich Blumberger, Stiftskämmerer in Göttweig (wie mich dünkt) sehr begründete „Bedenken gegen die gewöhnliche Ansicht von Wiens Identität mit dem alten „Faviana"— veröffentlicht. (Siehe unser Archiv für Kunde österreichischer Geschichtsquellen. Jahrgang 1849, II. Band, S. 355—366.) — Eine Revision der Geschichte Wiens wäre dringend nöthig, es würde sich freilich am Ende herausstellen, dass wir von einer der interessantesten Städte Deutschlands noch keine tüchtige Topographie und Geschichte haben, so viel darüber auch geschrieben wurde.

Es sind die Herren **Camesina, Feil, Gräffer, Kaltenbaeck, von Karajan, von Leber, Schimmer, Schlager, Tschischka,** deren Arbeiten entweder bereits veröffentlicht wurden oder (wie besonders bei den zwei ersteren) noch zu erwarten sind.

Eine nähere Würdigung derselben würde uns hier wohl zu weit führen, doch können wir nicht unterlassen auf Folgendes aufmerksam zu machen [1]).

---

[1]) **Gräffer**, einer der kenntnissreichsten Antiquar-Buchhändler, ist durch vielfache literarische Thätigkeit rühmlichst bekannt. Sein, trotz so vieler Mängel und Lücken sehr verdienstvolles Unternehmen: **Oesterreichische National-Encyklopädie** verdient ohne Zweifel die sorgfältigste Ergänzung und Ueberarbeitung, die Idee ist eine höchst glückliche, die allmählige Vervollkommnung das Werk vereinter tüchtiger Kräfte. —

Gräffer's **Conversationsblatt** (1819 und 1820, 1821 von März angefangen redigirt von Castelli) hätte grössere Theilnahme verdient, die leidige Censur hinderte das Gedeihen, wir haben seitdem kein ähnliches Blatt.

In der letztern Zeit veröffentlichte Herr Gräffer eine grosse Anzahl von kleineren Sammlungen und Aufsätzen, mitunter höchst barocken Inhalts und noch sonderbarerer Form. Es ist schade, dass ein Mann von so viel Wissen und Geist, um seinen Aufsätzen beim lesenden Publicum Eingang zu verschaffen, zu solchen Mitteln greifen zu müssen scheint.

In Herrn Gräffer's Werken und Werkchen steckt eine staunenswerthe Fülle von geschichtlichen, topographischen und literarischen Notizen, Schade dass er damit so viel Erfundenes vermischt. — Traurig, dass Gräffer mit wirklich nützlichen literarischen Projecten so gar nicht durchdringen konnte und keinerlei Unterstützung fand. Eine Bibliotheca Austriaca, eine Bibliotheca Vindobonensis hätte Gräffer ohne Zweifel geliefert (er wollte es, er machte Vorschläge) umsonst, der Mann wurde bei Seite geschoben, ja in seiner literarischen Thätigkeit — gehemmt. —

Zur Geschichte Wiens lieferte Gräffer zuletzt:

1) **Kleine Wiener-Memoiren.** Wien 1845. Fr. Beck's Universitäts-Buchhandlung, 3 Bände (IV. 259—297—258 SS.) („Historische Novellen, Genrescenen, Fresken, Skizzen, Persönlichkeiten und Sächlichkeiten, Anekdoten und Curiosa, Visionen und Notizen zur Geschichte und Characteristik Wiens und der Wiener, in älterer und neuerer Zeit. Von Franz Gräffer, Inhaber der goldenen Schriftsteller-Medaillen des Kaisers von Oesterreich und des Königs der Franzosen").

2) **Wiener-Dosenstücke**, nämlich: Physiognomien, Conversationsbildchen Auftritte, Genrescenen, Caricaturen und Dieses und Jenes, Wien und die Wiener betreffend; thatsächlich und novellistisch. Von Franz Gräffer. 2 Theile. Wien, Mörschner's Witwe u. W. Bianchi. 1846. (282 u. 278 SS. 8°.) (Auch der 4. und 5. Theil der Wiener-Memoiren).

3) **Wienerische Kurzweil'**, oder lustige, drollige, auch possenhafte und schnurrige Auftritte, Geschichtchen, Gattungsstücke und andere derlei Schildereien und Einfälle, Wien betreffend und die Wiener. Von Franz Gräffer. Mit einem Titelbilde. (Schliesst auch den Verf. kleinen Wiener Memoiren an). Wien, 1846. Gedruckt und im Verlage bei A. Pichler's sel. Witwe. VI. 314 SS. 8°.

4) **Neue Wiener-Localfresken**; geschichtlich, anekdotisch, curios, novellistisch etc., ernst und heiter, alte und neue Zeit betreffend. Von Franz Gräffer. Mit einem Titelbildchen. Linz 1847. Verlag der k. k. priv. akademischen Kunst-, Musik- und Buchhandlung von Friedrich Eurich und Sohn. 8°. 306 SS.

Es fehlt an planmässigem Zusammenwirken und an der wünschenswerthen Eintheilung der Arbeiten, auch sind manche

---

5) **Neue Wiener-Tabletten** und heitere Novellchen. Von Franz Gräffer. Mit einem Titelbilde. Wien 1848. Im Verlage von Matthäus Kuppitsch, k. k. Hofbibliotheks-Antiquar und Buchhändler. VIII. 351 SS. 8º. Dieses Buch enthält ein Namen- und Sachenregister zu den (obigen) acht Bänden von Gräffer's vermischten Wiener-Skizzen, in 4 Blättern. Gleich darauf erschien der neunte Band:
6) „**Zur Stadt Wien**", und zwar: neue Memorabilien und Genreskizzen, Burlesken und Groteskes, Possen und Glossen, Leute und Sachen und Zustände des alten und neuen Wien betreffend. Von Franz Gräffer. Wien 1849. Verlag von A. Pichler's Witwe. 238 SS. 8º.

Die meisten dieser Aufsätze und Sächelchen erschienen in Journalen und Tageblättern. — Eine Auswahl aus diesen 9 Bänden in etwa zwei Bändchen wäre wirklich wünschenswerth. — Für Literatur- und Sittengeschichte enthalten die Gräfferischen Memoiren gewiss schätzbare Beiträge. —

Friedrich Otto Edler von Leber, wohlhabend und unabhängig, hätte bei längerer Lebensdauer (er starb leider schon im 43. Jahre am 11. December 1846) gewiss für die geschichtliche Kunde seiner Vaterstadt und ihre Umgebung bedeutendes geleistet. Jedenfalls ist sein Werk über das kaiserliche Zeughaus in Wien von grossem Interesse und hat in Folge der leidigen Bestürmung und Plünderung desselben am 7. October 1848 doppelten Werth, da es Schilderung des früheren Zustandes dieser ausgezeichneten Waffen-Sammlung für alle Zeiten bewahrt hat. Schon früher gab Leber ein historisch-topographisches Werk heraus, in welchem dankenswerthe Notizen und Fingerzeige stehen und das trotz so mancher Sonderbarkeiten und Missgriffe unsere Kenntniss der vaterländischen Vorzeit wesentlich gefördert hat.

Rückblicke in deutsche Vorzeit. Drei Bände. I. Die Ritterburgen Rauheneck, Scharfeneck und Rauhenstein. Mit geschichtlichen Andeutungen über die Vehmgerichte und Turniere. Herausgegeben von Friedrich von Leber, des k. sächsischen Vereins für Erforschung und Erhaltung vaterländischer Geschichte und Kunstdenkmale zu Dresden ordentlichem Mitgliede etc. Mit zehn Steintafeln. Der volle Reinertrag ist Badens Kinderbewahranstalt bestimmt. Wien 1844. In Commission bei Braumüller et Seidel. XIV. und 316 SS. 8º.

Der Verfasser hat mit vieler Mühe und nicht geringen Kosten genaue Untersuchungen und Messungen der Bauereste dieser drei interessanten Burgen bei Baden vorgenommen und lieferte in genauen Abbildungen eine sehr ansprechende Darstellung dieser Baudenkmäler. Auch eine „Chronik der Vesten Ruhenegke Scharpfenecke und Rauhenstein" ist beigegeben, vom XII—XIX. Jahrhundert; die darin vorkommenden geschichtlichen Notizen über die Tursonen sind jedoch weder erschöpfend noch ganz stichhältig. Der Chronik folgen 52 Regesten von Urkunden aus dem Archive des Augustiner-Convents zu Baden (von 1291 bis 1764). Der Anhang enthält Urkunden, Belege, Erläuterungen, Polemik, Miscellaneen und zeigt von Belesenheit. — Die Urkunden VIII. IX. X. XI. XIII. XIV. XV. XVI. sind zum ersten Male gedruckt (Zur Geschichte des Augustinerklosters in Baden). S. 260—290. Das Gericht der heiligen Vehme. S. 285—287. (VI) Beweise, dass die Herrscher von Oesterreich und Oesterreichs Bürger mit den westphälischen Vehmgerichten in Berührung gerathen sind. S. 287—290. Auswahl von 52 Schriften über Vehmgerichte. S. 291—303. Die Turniere. — Im Ganzen kann man das Buch als eine Bereicherung unserer Topographie und vaterländischen Geschichte erklären. — Um vieles bedeutender jedoch sind der zweite und dritte Band der Rückblicke unter dem Titel: Wien's Kaiserliches Zeughaus zum ersten Male aus historisch-kritischem Gesichtspuncte betrachtet, für Alterthumsfreunde und Waffenkenner beschrieben und herausgegeben von Friedrich von Leber, des k. sächs.

Bestrebungen zu wenig gründlich, mehr **Dilettantismus** als **kritische Forschung**. Es entstehen Aufsätze und Bücher,

Vereins für Erforschung und Erhaltung vaterländischer Geschichte und Kunstdenkmale zu Dresden ordentlichem auswärtigen Mitgliede, des historischen Vereins von Oberpfalz und Regensburg zu Regensburg correspondirendem Mitgliede etc. Zwei Theile. Mit 2 Titelbildern. Leipzig 1846, bei Carl Franz Koehler. Wien, bei Braumüller und Seidel. Zusammen XVIII u. 525 SS. in 8. (Sehr gefällige Ausgabe). Ein sehr verdienstliches von ungemeinem Fleisse und nicht geringer Sachkenntniss Zeugniss gebendes Werk, das dem Verfasser für alle Zeiten den lebhaftesten Dank und alle Anerkennung sichert. — Man findet weit mehr als man sucht und ein zweckmässiges „Alphabetisches Sach- und Namenverzeichniss" erleichtert den Gebrauch. Hätten wir doch ein ähnliches Buch über die so interessante kaiserliche Schatzkammer; diesen Wunsch kann ich nicht unterdrücken! —

Vergleiche: Ausführliche Häuser-Chronik der innern Stadt Wien, mit einer geschichtlichen Uebersicht sämmtlicher Vorstädte und ihrer merkwürdigsten Gebäude. Nach den bewährtesten handschriftlichen und gedruckten Urkunden und Quellen bearbeitet von Carl August Schimmer. Mit einer gestochenen Ansicht des neuen Marktes im Jahre 1600. Wien 1849. Im Verlage von Matthäus Kuppitsch, k. k. Hofbibliotheks-Antiquar und Buchhändler (Franciskanerplatz Nr. 911, im 1. Stock). 8°. VIII. 375 SS. (Seite 328—366. Nachträge und Berichtigungen, welche die Herren von Karajan und Feil dem Verfasser nachträglich zukommen liessen). -- Man lernt aus diesem übrigens verdienstlichen Büchlein, ein wie wenig klares Bild von den allmäligen Werden und der Umgestaltung Wiens im Laufe der Zeiten wir noch besitzen. Aus der ältern Zeit (vor dem XVII. Jahrhundert) bringt Schimmer nur weniges, freilich wäre das Aufgabe für ein Menschenleben oder noch besser für einen Verein, das Einzelne kann ein und wird den Stoff nicht bewältigen können. Schimmer hat zwei Jahre früher zur Geschichte und Topographie Wiens im nämlichen Verlage (Kuppitsch sammelte fleissig Viennensia und förderte das Werk) zwei Bändchen herausgegeben, die manches Interessante darbieten: „Wien seit sechs Jahrhunderten. Eine chronologische Reihenfolge von Thatsachen, Begebenheiten, und Vorfällen in Wien von 1200 bis auf die neuere Zeit, mit einer quellengetreuen Darstellung des öffentlichen und geselligen Lebens in dem alten Wien und Nachrichten über die aufgehobenen Klöster und verschwundenen Gebäude in der Stadt und den Vorstädten. Nach seltenen und bewährten Quellen bearbeitet von Carl August Schimmer." Erster Band. Mit einem Titelkupfer (des Graf Styrum schneller Ritt von Neustadt nach Wien). Wien 1847. Im Verlage von Matthäus Kuppitsch. 8. XIV und 266 SS. Enthält 30 Artikel. Zweiter Band (mit fortlaufenden Seitenzahlen von 269—512) VI. und 243 SS. mit einer Ansicht der Stephanskirche im Jahre 1563. — Enthält 11 Artikel. Mehrere unter diesen 41 Artikeln betreffen aber auch Orte und Gegenstände ausser Wien, s. B. die beiden letzten (Mödling, Kammerstein, Perchtoldsdorf). —

Früher schon gab der fleissige Verfasser heraus: Geschichte von Wien von der ältesten bis auf die gegenwärtige Zeit. Wien 1844, Sollinger Lex. 8. — Die französischen Invasionen in Oesterreich und die Franzosen in Wien in den Jahren 1805 und 1809. Nach den besten Quellen bearbeitet. Mit einer bildlichen Darstellung von Wiens Belagerung. 12. Wien 1846, Dirnböck. — 1) Wiens Belagerungen durch die Türken, und ihre Einfälle in Ungarn und Oesterreich. Mit zwei Plänen. gr. 12. Wien, 1845, Heubner. 2. verm. Ausgabe. Mit 2 Plänen. 12. Ebendaselbst 1846. — Auch seine Werke über Kaiser Joseph (2. Auflage 1845. 12) und über Maria Theresia (2 Theile gr. 16. Wien 1845, Dirnböck) fanden viele Leser. Schimmers literarisches Wirken ist nicht ohne Verdienst, aber seine Arbeiten können und wollen keinen Anspruch machen auf eine Abschliessung der Forschung, die sie vielmehr erst recht anregen. —

welche einen Gegenstand von grossem Interesse so mangelhaft ja leichtsinnig behandeln, dass das Meiste von Neuem bearbeitet werden muss, und doch ist für viele Jahre dadurch dem Publikum die Lust und Liebe verdorben. — Exempla sunt odiosa. Da wäre nun das stille Wirken eines nie ermüdeten, nie sich zersplitternden, noch weniger aber je seine Sammlungen trauriger Zerstreuung und Verschleppung überlassenden Vereines

---

Ich habe in den Wiener Jahrbüchern der Literatur, Band 101. (1843.) S. 217— 253) in einer umständlichen Anzeige über die Ausbeute berichtet, welche dem Geschichtsforscher aus den vier Bänden der Schlager'schen „Wiener Skizzen aus dem Mittelalter (Wien 1835—1842)" erwachse, auch zugleich bemerkt, dass mehr als Wiener Notizen darin zu finden seien, daher es heissen sollte: „Skizzen aus der österreichischen Geschichte." — Ich habe diese Uebersicht in gewisse Rubriken getheilt. I. Locales; II. geistliche Institute; III. Rechtliches; IV. Juden; V. Vertheidigungsanstalten, Kriegszüge und Schicksale im Kriege; VI. historische Miscellaneen; VII. Feste, Spiele, Unterhaltungen, öffentliche Geschenke und Freudensbezeigungen. Seit dieser Anzeige hat Herr Schlager einen neuen Band (Neuer Folge III. Band) „Wiener Skizzen des Mittelalters" (1846. 538 SS. 8.) geliefert, ebenfalls sehr reichen Inhalts (Die Bewachung und Vertheidigung Wiens (S. 5). Aufgebot der Zechen und Erbbürger (S. 21). Das Söldnerwesen (S. 34). Die alten Waffen, Zeughäuser, Pulverthürme, Schiessstätten, Schützenordnungen (S. 43). Die Türkenraisz (S. 85). Zwei Stadtfehden (S. 90. 1417, mit dem Ritter Skal; 1408, 1409 mit den Rittern Laun und Druchsess). Stadtrechnungen - Auszug über die Kriegsleistungen im 15. Jahrhundert (S. 139). Geschichtliche Uebersicht der Feldzüge (S. 240). Das Wiener Fluss-Streitschiff Arsenal (S. 273). Die Wiener Kleidertracht vom Jahre 1396—1430. (S. 293). „Das gemayne Frawenhaus" (S. 345). Sittenzüge und Eigenthümlichkeiten des Mittelalters aus dem Bürgerleben (S. 413—490). Urkundenbuch zu den Wiener Kriegszügen (S 491). —

Im Jahre 1844 erschienen von Schlager: „Alterthümliche Ueberlieferungen von Wien aus handschriftlichen Quellen." — Mit 7 artistischen Beilagen und einer Vignette 200 S. 8. Enthält: (1. Zerstreute Notizen von Wien. In Gesprächsform. S. 1—44. 2. Zur Geschichte der Stadtverschönerungen Wiens. I. Der Stephansfreithof mit 1 Abbildung. S. 45. II. Am Steig und dem Haarpühel (rothe Thurmstrasse). S. 62. III. Die Bischofgasse. S. 65. IV. Am Bressneneck (Lichten Steeg) und in der Revellucken. S. 77. V. Die Seilerspinnstatt. S. 82. — 3. Der hohe Markt mit 1 Abbildung (1640). S. 87. 4. Der Petersfreithof mit 1 Abbildung. (16. Jahrhundert) S. 109. 5. Fortificationszustand Wien's vor der ersten Türkenbelagerung 1529. (Abbildung: das im J. 1828 abgebrochene Wiener Stadtthor am Katzensteig.) S. 121. 6. Aus der bürgerlichen Geschichte Wiens. Notizen über die Stadt-Wiener-Kämmerer, aus gleichzeitigen Stadtprotokollen zusammengestellt. S. 136. Die Skartdiener. S. 145. — 7. Zur alten Kunstgeschichte Wien's. Das alte Wappenbild am Wiener Magistratsgebäude mit 1 Abbildung. S. 151. Das Spinnenkreuz am Wienerberge, mit zwei Abbildungen. S. 168. S. 193. Das Spinnenkreuz bei Wiener Neustadt. —

Im Jahre 1843 (Wien, Kaulfuss Witwe, Prandel und Comp.) gab Schlager heraus: Georg Raphael Donner. — Ein Beitrag zur österreichischen Kunstgeschichte. Mit seinem Bilde, dem Facsimile, und 14 Original-Beilagen. VI. 170 S. 12°. —

Leider nöthigt ein langjähriges Augenleiden zur Unterbrechung seiner verdienstvollen literarischen Thätigkeit. —

das einzige Mittel, der einzige Weg, endlich einmal etwas Tüchtiges und Vollständiges zu erhalten. Der Einzelne kann im glücklichsten Falle schätzbare Beiträge über irgend einen Ort, ein Institut, eine Sammlung u. s. w. liefern, aber wie oft ist das der Fall, dass er Jahre lang sammelt, arbeitet, sich alle mögliche Mühe gibt und er stirbt, ehe die Arbeit vollendet ist, seine Handschrift, seine Excerpte und Concepte werden verschleudert, verschleppt; man darf noch von Glück sagen, wenn sie in irgend einer Bibliothek oder einem Archive aufbewahrt werden und ruhig liegen bleiben, bis sie ein Berufener an's Licht zieht.

Da haben wir zum Beispiele die Sammlungen eines Wissgrill, eines Adrian Rauch (in der n. ö. Landschaftsbibliothek), über Adelsgeschichte und über Topographie des Landes unter der Enns. Die Sammlungen des unermüdet fleissigen, wirklich verdienten Augustiners Xystus Schier über die österreichische Literar-Geschichte, zur Geschichte der Wiener-Universität, zur Geschichte der berühmten Donau-Gesellschaft (Manuscripte in der k. k. Hofbibliothek). Die bedeutenden schätzenswerthen Handschriften des Wiener-Domherrn Smitmer zur Geschichte Wiens und des Landes unter der Enns (nebst der sehr respectablen Siegelsammlung Smitmer's im Hausarchive). — Aus früherer Zeit die Arbeiten und Sammlungen Reichard Strein's (in Linz, Göttweig und Wien), Enenkel's, Preuenhuber's (in Linz und Wien), Steyerer's (im Hausarchive in Wien), Kaltenegger's (in Wien im Servitenkloster in der Rossau).

Wenn ein Verein für Topographie und Geschichte des Erzherzogthums nichts anderes thun und veranlassen würde, als das wahrhaft Gediegene und Förderliche dieser noch ungedruckten, meist auch noch höchst unvollkommen benützten Arbeiten zum Drucke zu fördern, so hätte er schon ausgezeichnete Verdienste.

Aber ein Verein könnte und sollte auch neue Arbeiten veranlassen und durch seine Mitglieder ausführen.

Früher war das Arbeiten und Sammeln eine gar mühsame Sache, die Geheimnisskrämerei, die Eifersucht und der Neid machten oft unübersteigliche Schwierigkeiten und Hindernisse.

Die Archive waren unter siebenfachen Schlössern verriegelt, selbst Bibliotheken nicht selten unzugänglich (aus Eifersucht), und man sieht es an den meisten der damaligen Arbeiten, wie lückenhaft, wie ängstlich und mehr als vorsichtig sie sind. — Jetzt sind die Verhältnisse anders, seit der Zeit Kaiser Joseph's II. ist es eher das Gegentheil, was auf die Geschichte und ihre Quellen verderblich einwirkt.

Auf die ängstliche Sorgfalt, mit der man archivalische Schätze geheimnissvoll verschloss und mit Argusaugen hütete, folgte die grösste Sorglosigkeit, ja Verachtung der alten Skarteken und des archivalischen Staubes und Moders; die Papiere und Urkunden wurden häufig verschleppt, allen Arten der Vernichtung Preis gegeben. Wie Vieles ging auf diese Weise verloren oder gänzlich zu Grunde.

Diese Periode dauert schon bei 70 Jahre und noch ist sie nicht geschlossen, im Gegentheil, gerade jetzt im neuen Oesterreich wird das alte verachtet und die historischen Denkmäler desselben werden eben nicht mit Pietät bewahrt. Wie viel mag in den Jahren 1848—1850 zu Grunde gegangen und noch dem Untergange geweiht sein. Jetzt wo die Archive und Registraturen der Aemter und Herrschaften auf wahrhaft grossartige Weise, nach dem Beispiele des grossen Chalifen Omar, geräumt und der Vernichtung Preis gegeben werden!

Jetzt wäre ein historischer Verein für das Land wohl sehr wünschenswerth. Ich gebe zu, dass viel Quark, Ballast und Schofel zu beseitigen wäre, aber zu einer Acten-Vertilgungs-Commission sollte man doch Leute und Männer von historischer Bildung und die beseelt von historischem Interesse das Aufzubewahrende auszuscheiden verständen und Lust hätten, bestellen.

Wie viel zum Beispiele zur Sitten- und Culturgeschichte liesse sich aus Criminalacten entheben und selbst Civil-Processe geben öfters so manche geschichtliche und topographische Ausbeute.

Wenn ein historischer Verein hier in Wien bestände, könnte derselbe eben jetzt so Manches acquiriren, so Vieles retten und künftigen Forschern bewahren. Ein solcher Verein mit zahlreichen Filialen im Lande würde jedenfalls den historischen Sinn, und mit ihm wahre Besonnenheit und lebendige Theilnahme für die höheren Interessen der Menschheit wecken und erhalten.

Geschichte überhaupt, wenn sie anders die Lehrmeisterin des Lebens werden soll, muss von allen Ständen gepflegt werden und für alle Stände. Darum ist eine Popularisirung derselben, oder vielmehr eine Anwendung der Geschichte aufs Volk, von grösster Bedeutung. Ja, die Wissenschaft selbst wäre höchst unvollkommen und nichtig, wenn sie nicht auf alle Stände Rücksicht nähme. Sie kann und soll vom Volke lernen. Geschichte wird im Munde des Volkes so leicht zur Sage, umgekehrt kann die Wissenschaft aus den Sagen des Volkes Geschichte, wahre Begebenheiten ausmitteln. Darum behaupte ich, dass die Stiftung, so wie die Wirksamkeit eines historischen Vereines, auch der kaiserlichen Akademie nichts weniger als gleichgiltig sein kann, und noch weniger sein soll.

Denkmäler, Quellen, Erinnerungen, Traditionen und Sagen kann man aus den Händen des Volkes erhalten, und für die Wissenschaft benützen. Die Geschichte hat ja die Ansichten, Begriffe, Meinungen des Volkes zu berücksichtigen, dass das bisher noch viel zu wenig geschah, dass man sich um das Volk und seine Vorstellungen gar nicht kümmerte, dasselbe also auch in den historischen Arbeiten nicht berücksichtigte, ist wahrlich kein Vorzug. Die Geschichte ist demnach auf dreifache Weise zu bearbeiten, für den Gelehrten, für die Gebildeten, für das Volk. Aber der Gelehrte lernt mehr vom Volke, als leider das Volk vom Gelehrten.

Nehmen wir zum Beispiele die Sprache und ihre Denkmäler. Aus der Volkssprache, aus den Benennungen der gemeinsten Gegenstände, aus den Namen der Gegenden, der Berge, Wälder, Flüsse, Bäche, der Thiere, der Pflanzen, der Mineralien liesse sich Vieles lernen; die Colonisirungs-Geschichte, die Geschichte unserer frühesten Cultur lässt sich aus vollständigen Idiotiken wenigstens annäherungsweise, und durch Vergleichung und Combinationen schöpfen. Darum wäre ein historischer Verein für solche umfassende Sprachforschungen wie gemacht. Von Jägern und Förstern, von Fischern und Bauern unmittelbar aus dem Munde des Volkes, und zwar nicht auf Ausflügen von wenigen Tagen oder gar Stunden, nein, durch jahrelangen Aufenthalt, durch das beständige Leben unter ihnen kann man diese oft uralte Volkssprache nach und nach lernen und sammeln. Dazu wären Landgeistliche und Landbeamte, oder Schullehrer und ihre Gehilfen vortreffliche Vermittler. Vielleicht ist Mehreren aus Ihnen das Wörterbuch der oberennsischen Mundart von dem Kremsmünsterer Capitularen und Pfarrer in Kematen Matthias Höfer (Linz, gedruckt bei J. Kastner 1815 in drei Bänden in Octav) bekannt. — Der Verfasser hat freilich zu viel etymologisirt und die Herleitungen mitunter bei den Haaren herbeigezogen, ungeachtet dessen ist sein Werk doch recht verdienstlich und lehrreich. — Aber es wäre noch unendlich viel nachzutragen. — Höfer hat vorzüglich nur die Volkssprache im Hausruck- und im Traunkreise berücksichtigt. — Jeder Kreis, ja jede Gegend hat ihre eigenthümlichen Worte. Die österreichische Mundart gehört freilich zur oberdeutschen und namentlich zur baierischen, daher das vortreffliche Wörterbuch von Schmeller (in 4 Bänden) in vielen Stücken auch uns aufklärt. Aber es gibt doch in Oesterreich viel Eigenthümliches, und unsere Volkssprache, die jetzige und noch mehr die ältere, hat Worte aus andern Dialecten und ganz andern Sprachen, z. B. aus dem Slavischen.

Bisher ist an's ernstliche und umsichtige Sammeln noch nicht gedacht worden, was Tschischka und Castelli und Loritza dafür Dankenswerthes geleistet haben, ist höchst partiell und willkührlich. — Die Aufgabe ist umfassend und muss auf eine sehr umsichtige Weise mit gehöriger tiefer Sprachkenntniss und was die naturgeschichtlichen Namen betrifft, auch mit genauer Sachkenntniss gelöst werden. Nur ein im ganzen Lande verzweigter Verein kann dazu behilflich sein. — Auch die Volkslieder und die Volksgebräuche, die Volkssagen und Volksmeinungen sollen studiert und vor allem gewissenhaft aufgespürt und gesammelt werden. — Wir sind in Oesterreich in dieser Beziehung noch gar zu weit zurück, und haben doch gerade in diesen Seiten des Volkslebens einen reichen, kaum oberflächlich gekannten, geschweige erschöpften Vorrath.

Ich weiss nicht, wie viele aus Ihnen meine Herren, zwei grundgelehrte Werke unsers Jacob Grimm kennen, die in dieser

Hinsicht Bahn gebrochen haben und die für Oesterreich unendliches Interesse haben, aber auch aus Oesterreich auf ganz besondere Weise ergänzt und vervollständigt werden könnten. Das letztere desshalb, weil wir bisher unsere Schätze selbst nicht gekannt, geschweige veröffentlicht haben.

Ich meine Grimm's deutsche Rechtsalterthümer (in zwei Bänden) mit den deutschen Weisthümern (in drei Bänden) und die deutsche Mythologie; beide Werke wollen nicht gelesen, sondern studirt sein, und das wollen eben die wenigsten Menschen, ich zweifle, ob Viele unter uns Oesterreichern diese Werke kennen, sie schliessen eine neue Welt auf, besonders dürfte die „deutsche Mythologie" uns fremd sein, denn die deutschen Rechtsalterthümer sind doch den meisten Rechtskundigen bekannt, wenigstens dem Namen nach.

Die Grimm'schen Rechtsalterthümer haben bei uns mehr Beachtung gefunden, zum Theil auch sehr beachtenswerthe Bestrebungen veranlasst, auch unsere ältere Rechtsgeschichte zu studiren, vor allem unsere Rechtsquellen zu sammeln, denn das ist mit Recht die Grundlage späterer Studien.

Bekanntlich hat der k. k. geheime Hof- und Haus-Archivar J. P. Kaltenbaeck, der durch seine in den 9 Jahrgängen der Austria (Volkskalender, herausgegeben von dem sehr thätigen Buchhändler Klang) veröffentlichten vaterländischen Denkwürdigkeiten zur Sitten- und Cultur-Geschichte Oesterreichs sich wesentliche Verdienste erworben hat, auch angefangen, die österreichischen Rechtsquellen zu sammeln und herauszugeben, jedoch wie es scheint, ist auch dafür wie für so vieles Andere höchst Wichtige im Publikum wenig Theilnahme, weit mehr noch im Auslande, wo die historische Schule der deutschen Rechtsgelehrten wenigstens von solchen Werken Notiz nimmt [1]).

---

[1]) Da die Sammlung der österreichischen Rechtsbücher höchst verdienstlich ist, sollte sie jedenfalls von Herrn Kaltenbaeck fortgeführt werden, wäre auch ohne Zweifel der kräftigsten Unterstützung von Seite der kaiserlichen Akademie würdig; ich will von den bisher erschienenen Lieferungen eine Uebersicht geben. — Es dürfte kaum der zehnte Theil des Ganzen bisher geliefert sein.
Die Oesterreichischen Rechtsbücher des Mittelalters. Herausgegeben von J. P. Kaltenbaeck, k. k. geh. Hof- und Haus-Archivar. Erste Reihe. Die Pan- und Bergtaidingbücher. Erster Band. Wien 1846. Gedruckt bei den Edlen v. Ghelenschen Erben. Auch unter dem Titel: Die Pan- und Bergtaidingbücher in Oesterreich unter der Enns. — Erster Band etc. — Vorwort. S. VII—XVI. 612 SS. 8.

Wenn doch ein junger Geschichtsforscher sich das Studium der deutschen Mythologie Grimm's zum besondern Augenmerk wählte und dann in Oesterreich über diesen Gegenstand sorgfältige Forschungen machte! Für Religions-, Cultur- und Sittengeschichte müssten die Resultate seiner Bestrebungen ungemein ergiebig und interessant sein [1]).

Enthält: 1. Die Pantaidingbücher des Klosters Heiligenkreuz.
$\begin{pmatrix} \text{I—XVII.} \\ \text{it. XCVI—CIII.} \end{pmatrix}$ S. 3—84.
S. 521—550.

2. Die Pantaidingbücher des Klosters Melk. $\begin{pmatrix} \text{XVIII—XXIV.} \\ \text{it. CIV—CX.} \end{pmatrix}$ S. 87—146.
S. 553—574.

3. Mauerbach. (XXV—XXVII.) S. 149—161.

4. Klosterneuburg. (XXVIII—LXXIII.) S. 165—388. it. CXIV. (Pierpam.) S. 583—587. CXV. (Meierling auch Hitzing.) S. 588—595. CXVI. (Höflein.) S. 595. Zusätze. S. 602—612.

5. St. Dorothea in Wien. (LXXIV—LXXIX.) S. 391—428.

6. Domkapitel, St. Michael und Dominikaner in Wien. (LXXX—LXXXI. Hernals und Schöff.) Domkapitel. LXXXII. LXXXIII. (Währing und Hangendenlüssen, ausser Gumpendorf.) Barnabiten zu St. Michael. LXXXIV—LXXXVI. (Marggraff Neusidl, Ober Siebenbrun, Rammersdorf, Dominikaner.) S. 431—476. it. CXI. (Maczleinstorf.) CXII. (Püsenberg.) CXIII. (Eczleinstorf) alle 3 Domkapitel. S. 577—583.

7. Erzbisthum Wien. (LXXXVII—CXV.) S. 479—518.

Zweiter Band. Wien 1847. VIII. 320 Seiten. 8.

Erste Hälfte, oder I. und II. Lieferung.

Enthält:

8. Göttweig. (CXVII—CXXXV.) S. 3—58.

9. Chorherrnstift zu St. Pölten. (CXXXVI—CLI.) S. 61—86.

10. Herzogenburg, St. Andrä und Dürnstein. S. 89—134.

11. Lilienfeld. (CLXIII—CLXXVII.) S. 137—176.

12. Seitenstetten. (CLXXVIII—CLXXXI.) S. 189—202.

13. Neukloster. (in Wiener-Neustadt.) (CLXXXII—CLXXXV.) S. 205—226.

14. Wiener-Klöster. (CLXXXVI—CCIII. — St. Clarenkloster, St. Nikolaus, Schottenkloster, Jesuiten, Augustiner auf der Landstrasse.) S. 229—280.

15. Frauenklöster zu Tulln und Erla. (CCIV—CCIX.) S. 283—309.

16. Cisterzienserstift Zwetl. (CCX—CCXI.) S. 309—320.

Es wäre zu wünschen, dass die „vaterländischen Denkwürdigkeiten" aus der Austria wieder abgedruckt würden, in einer abgesonderten Ausgabe, zum Besten der zahlreichen Geschichtsforscher und Geschichtsfreunde. Sie könnten vom Herausgeber ohne Zweifel bedeutend vermehrt und vielleicht in der ursprünglichen Schreibweise mitgetheilt werden, denn das Modernisiren nimmt nicht selten das eigenthümliche Gepräge weg. —

[1]) Bekanntlich ist von der „Deutschen Mythologie von Jacob Grimm" im Jahre 1844 die zweite stark (um 376 S.) vermehrte Ausgabe in zwei Bänden erschienen (die erste Ausgabe in einem Bande erschien 1835); doch braucht man jedenfalls auch die erste Ausgabe dazu, in dem der in ihr gelieferte Anhang (I. Angelsächsische Stammtafeln S. I. 2. Aberglaube. S. XXIX und CLI. 3. Beschwörungen. S. CXXVI. 4. Kräuteraberglaube. S. CLX.) in der zweiten Ausgabe nicht aufgenommen wurde, da das Werk zu voluminös geworden wäre. — Man kann von dem darin vorkommenden Apparate und der staunenswerthen Gelehrsamkeit des geistvollen Verfassers nur durch eigenes Studium einen Begriff erhalten. Die Ueberschriften der Capitel sind (ich führe sie um derentwillen an die sich keine Vorstellung machen können

In München erschien im Jahre 1848 ein „Beitrag zur

von dem, was unter „Deutscher Mythologie" alles begriffen sey) wie folgt. I. Einleitung. II. Gott. III. Gottesdienst. IV. Tempel. V. Priester. VI. Götter. VII. Wuotan. VIII. Donar. IX. Zio. X. Fro. XI. Paltar. XII. Andere Götter. XIII. Göttinnen. XIV. Götterverhältnisse. XV. Helden. XVI. Weise Frauen. XVII. Wichte und Elbe. XVIII. Riesen. XIX. Schöpfung. XX. Elemente. XXI. Bäume und Thiere. XXII. Himmel und Gestirne. XXIII. Tag und Nacht. XXIV. Sommer und Winter. XXV. Zeit und Welt. XXVI. Seelen. XXVII. Tod. XXVIII. Schicksal und Heil. XXIX. Personificationen. XXX. Dichtkunst. XXXI. Gespenster. XXXII. Entrückung. XXXIII. Teufel. XXXIV. Zauber. XXXV. Aberglaube. XXXVI. Krankheiten. XXXVII. Kräuter und Steine. XXXVIII. Sprüche und Segen.

Dass zur Religions-, Cultur- und Sittengeschichte diese hier angeführten Untersuchungen auf ganz besondere Weise wichtige Beiträge liefern, ist in die Augen springend, sie fortzuführen auf unserm Lande, das in dieser Beziehung noch viel zu wenig durchforscht ist, eben so ersprieslich als unerlässlich.— Um nur einige Beispiele zu geben. — Riesen (cap. XVIII), welche in Oesterreichs Sagen eine grosse Rolle spielen, wie aus Lazius zu ersehen. — Siehe auch den hebräischen Grabstein, aufgeführt in dem Büchlein: Lustra decem coronae Viennensis etc. 1733. p. 72. Ich erlaube mir bei dieser Gelegenheit aufmerksam zu machen auf die hebräischen Grabsteine, welche im Garten der Militär-Akademie zu Wiener-Neustadt (ehemalige kaiserl. Burg) liegen und der nähern Untersuchung bedürften. Bekanntlich hatte Oesterreich in seiner fabelhaften und Sagen-Geschichte unter so vielen sonderbaren Namen auch den: „Judaisapta." — Was die Riesen betrifft, so ist eine urkundliche Spur in dem IV. Bande der monumenta boica p. 22. im Codex traditionum des Klosters Formbach Nr. XIV. um das Jahr 1130. Graf Ekbert von Pütten gibt dem Kloster einen Wald in der Nähe von Glocknitz; die Gränzen dieses Waldes werden angegeben: „a confinio, quod predictas villas (Chotelahe et Werde) dividit contra „meridianam plagam, usque ad arborem pirum notatam, in via stantem super montem „qui Huxinberge vocatur, et ab illa arbore usque ad giganteam viam „Entiskenwek et hanc viam totam usque in rivum Chrebezbach" und so fort. — In unserer Mundart ist noch „enterisch" erhalten, was nicht geheuer ist, — nicht ganz sicher. — Anklänge an Götter und Helden gibt es in Oesterreich wohl mehrere, haben wir ja auch ein Dorf Venusberg (bei Trasmauer) — vgl. auch Wielands, Eckartsau u. s. w. — Spuren des Teufels sind gar nicht selten wie bekannt und die Rubrik des Aberglaubens, der Sprüche und Segen fände aus unserm Lande eine reiche Ergänzung. Ich habe in früherer Zeit aus einem Codex Ms. des 15. Jahrhundert in der Stiftsbibliothek zu St. Florian eine solche Sammlung abergläubischer Meinungen und Bräuche, die in Oesterreich zum Theil jetzt noch nicht verschwunden seyn dürften, Herrn Grimm mitgetheilt, der sie auch im Anhange der ersten Ausgabe p. XLVI—LI. abdrucken liess. —

Wie zähe dieser Aberglaube und diese Meinungen im österreichischen Volke wurzeln, davon überzeugte ich mich persönlich im Monat October des vorigen Jahres 1849, auf einer kleinen Reise durch das Viertel ob dem Mannhartsberge, auf der ich unter andern auch die allerdings sehr sehenswerthen Ruinen der ehemaligen Burg Hartenstein (hinter Krems) besuchte und bei dieser Gelegenheit erfuhr, dass in den unterirdischen Gängen dieser Burg ungeheure Schätze angeblich von den reichen und mächtigen Chunringern herstammend, vom Teufel gehütet werden.— Aus dem Munde eines benachbarten Pfarrers hörte ich mit Staunen, dass diese vermeintlichen Schätze im Revolutionsjahre 1848 Gegenstand einer grossartigen Schatzgräberei werden sollten, an der sich Bürger von Krems, Linz und Wien betheiligten, ja ein Bürger von Wien erschien als Nationalgardist beim Pfarrer, um ihn zum Beschwören des Teufels unter grossen Versprechungen zu bewegen! Er hatte ein Büchlein bei sich, mit den dazu dienlichen Beschwörungsformeln, 7 schwarze Blätter mit weissen Buchstaben!

deutschen Mythologie," von Friedrich Panzer[1]), vorzüglich

---

[1]) Da Herrn Panzer's Büchlein für uns Oesterreicher schon desshalb nicht unwichtig ist, weil der Verfasser mehrere Sagen aus Tirol, Salzburg, ja auch aus Oesterreich ob und unter der Enns anführt, so theile ich eine nähere Nachweisung hier mit:
Beitrag zur deutschen Mythologie, von Friedrich Panzer. München, Christian Kaiser. 1848. 8. IV. 407 SS. IV lithogr. Tafeln.
Inhalt: I. die drei Schwestern. Seite 1. (230 Sagen).
    II. Feuer . . . . „ 210.
    III. Weisende Thiere . . „ 220.
    IV. Wasservogel . . . . „ 226.
    V. Bilmerschnitt . . . . „ 240.
    VI. Nothhalm . . . . . . „ 241.
    VII. Riesen . . . . „ 242.
    VIII. Frau Bercht . . . . „ 247.
    IX. Pflanzen . . . . . . „ 248.
    X. Sommer und Winter „ 253.
    XI. Aberglaube . . . . . „ 256.
    Anmerkungen . . . . „ 271.
S. 1. Nr. 1. Der Hargenstein bei Reute in Tirol.
S. 1. Nr. 2. Der Drachensee im Säven bei Lermes in Tirol.
S. 2. Nr. 3. Die Sigmundsburg bei Nassenreut in Tirol.
S. 2. Nr. 4. Das Lambrechtofenloch bei Lofer in Tirol.
S. 3. Nr. 5. Das Schloss Reichenau in Tirol.
S. 3. Nr. 6. Die drei Schwestern von Frastanz in Tirol.
S. 5. Nr. 7. S. Anbetta, s. Gwerbetta, s. Villbetta zu Meransee in Tirol.
S. 7. Nr. 8. a. Die Hunt von Dorfheim bei Saalfelden im Pinzgau.
S. 9. Nr. 8. b. Der Drache im Zillerthale in Tirol.
S. 11. Der Untersberg bei Salzburg. (Nr. 15.)
Aus dem Büchlein: „Sagen der Vorzeit, oder ausführliche Beschreibung von dem berühmten salzburgischen Untersberg, oder Wunderberg, Brixen, Jahr 1818."
S. 99, Nr. 114. „Der Schlossberg bei Schlegen nächst Maria-Zell in Oester- „reich (?). In dem Ueberschwemmungsgebiete der Donau bei Schlegen ist ein „mit einem Graben umgebener Erdhügel, welchen die Leute für ein versunkenes „Schloss halten, in welchem einst drei Fräulein, zwei weisse und eine „schwarze wohnten. Von dem Hügel soll ein unterirdischer Gang führen. „Oefter wurde nach Schätzen gegraben."
Bemerkung. Schlegen nächst Maria Zell im Ueberschwemmungsgebiete der Donau? Statt Maria Zell muss es heissen: Insell. Es ist das Schlögen gemeint in der Pfarre Haibach im bisherigen Hausruckkreise. — In neuester Zeit wurde da eine römische Niederlassung aufgefunden. S. Vierter Bericht über das Museum Francisco-Carolinum. Nebst der ersten Lieferung der Beiträge zur Landeskunde von Oesterreich ob der Enns und Salzburg (Linz 1840, bei Eurich). —
* „Bericht über die Ausgrabung römischer Alterthümer zu Schlögen, und die „Lage des alten Joviacum. — Von Professor J. Gaisberger in Linz.
S. 100, Nr. 15. „Die Teufelsmauer in Spitz und die sieben Hunde auf „der Kirche in Michaeli an der Donau in Oesterreich." —
„Vom Schlosse auf dem Berg bis zur Donau herab führt eine Mauer. Der „Teufel wollte damit die Donau vermauern, da krähte der Hahn und er musste „das Werk unvollendet lassen; daher heisst sie die Teufelsmauer."
„Unterhalb Spitz liegt der Ort Michaeli; auf dem First der Kirche sieht man „sieben Hunde; das Volk sagt, eine Gräfin habe sieben Hunde geboren, und zum Andenken sind diese auf der Kirche angebracht." —
Anmerkung. Blumenbach sagt (II. 393): Auf dem Dachfirst der alten, jetzt gesperrten Kirche sieht man 6 aus Thon verfertigte Hasen, welche der Sage nach

aus Bayern gesammelt. Aus Oesterreich könnte ohne Zweifel ein eben so interessanter, wo nicht noch bedeutenderer Nachtrag geliefert werden. Möchte doch diess mit Umsicht und Kritik geschehen.

Sitzung vom 20. Februar 1850.

Der Secretär theilt eine Note vom Ministerium des Äussern mit, worin der Akademie angezeigt wird, dass der k. k. Internuntius beauftragt sei, von der hohen Pforte einen neuen Ferman zu erwirken, um die Hindernisse zu beseitigen, die vom Pascha von Damaskus dem Herrn v. Kremer beim Besuche der dortigen Bibliotheken gemacht wurden.

Dann trägt derselbe die vom Ministerium des Handels mitgetheilten Berichte der k. k. Consulate zu Gibraltar und Barcelona vor, über die Art und Weise, wie sie der Aufforderung, die Zwecke der Akademie zu unterstützen, entsprechen können und wollen, wobei sie sich einige Erläuterungen erbitten.

Der Secretär wird beauftragt, dem Ministerium des Handels und den erwähnten k. k. Consulaten den Dank der Classe auszusprechen und letzteren die verlangten Erläuterungen zu geben.

Hierauf liest das wirkl. Mitglied der mathematisch-naturwissenschaftlichen Classe, Herr Dr. Boué, Bemerkungen

„Ueber die sogenannten Menschenfüsse-Abdrücke auf Felsen."

Unter allen Wissenschaften gibt es vielleicht keine, die wie die Geologie mit so vielen andern unwillkürlich in Verbindung kömmt, weil, wie die Bienen nur von dem Honige der Blumen leben, sie, die Erdbildungslehre, nur durch das Wichtigste und Bestimmteste aus den andern Wissenschaften zu ihrem Ziele kommen kann. Durch diese Eigenheit unserer Forschungen bin ich denn zu einem Gegenstande geführt worden, der streng genommen der ganzen Akademie angehören würde, aber im Grunde doch

---

zur Erinnerung an einen grossen Schnee dienen sollen, welcher die Kirche so sehr bedeckt haben soll, dass die Hasen über das Dach hinwegliefen.
S. 210, (II. Feuer.) Nr. 231. * Suwendfeuer bei Reutte in Tirol (Schmeller).

mehr der philosophisch-historischen Classe als der andern zukommt. Ausserdem wurde ich in meinem Vorhaben dadurch bestärkt, dass ich nur bei Ihnen, meine Herren, weitere Aufschlüsse über jenen zu behandelnden Gegenstand zu finden hoffen konnte.

Die sogenannten Abdrücke von menschlichen Füssen sind ein Merkmal der menschlichen Anwesenheit in gewissen Gegenden, das, wie manches andere Paleontologische, von den ungelehrten protestantischen Theologen schon unphilosophisch benutzt worden ist und lange Zeit nur Zweifel und Lachen erregt hat. Wenn es aber unmöglich ist, dass die Oberflächen der Kalksteine, der ältern Sandsteine und Granite noch nicht verhärtet waren als die ersten Menschen sich darauf bewegten, und dass ein späteres Weichwerden dieser Felsarten auch unter die grössten Unwahrscheinlichkeiten gehört, so bleibt diese unbestreitbare Thatsache doch ein höchst interessanter Beitrag für die Ethnographie und die Menschenwanderungen, ein neuer Beweis, wie Geologie und Archäologie in einander greifen und sich gegenseitig ergänzen.

Der erste Fall war der von Schoolcraft im Jahre 1822 beschriebene Abdruck zweier Füsse in derbem Kalksteine von St. Louis am Misisippi-Strome. (Americ. Jo. of Sc. 1822. B. 5. S. 223.) Diese Erzählung und Zeichnung fanden wenig Glauben. Doch beschrieb Herr David Owen nicht nur diese wieder im Jahre 1842 am selben Orte, sondern auch andere zu Harmony auf dem Wabach. (Americ. Jo. of Sc. 1842. B. 42. S. 14.) Merkwürdigerweise finden sich diese letzteren an einer Stelle, die jetzt unter dem Wasser-Niveau sich befindet. Hr. J. Cozzens beschrieb drei andere, die noch im Jahre 1804 bei Kingbridge hinter New-York zu sehen waren und Meiselarbeit verriethen. (Werk über den New-Yorker Staat 1843, S. 17.) Herr Buckingham sah ähnliche Fusstritte von Menschen und Kindern, und selbst Abdrücke eines Pferdehufes bei Athen in Georgien. (The Slaves Staates of America 1841, l'Institut 1842, S. 140.) Herr Adams beschrieb Aehnliches, so wie auch Abdrücke von Gallinaceen bei St. Louis und am Ufer des Muskingum, dann eines einzelnen Menschenfusses bei Liking Creek, 7 Meilen unter Newark, und einer Hand bei Blackhand am Ohio-Canal. (Americ. Jo. of Sc. 1843. B. 44. S. 200.) Endlich fand und zeichnete Herr Davis Menschen- und Thiergestalten, so wie die Formen ihrer Fusstritte, die er auf den Felsen längs dem Guiandotte-Flusse im Ohio entdeckte. (Americ. Jo. of Sc. 1847. B. 3. S. 286.)

Lange Zeit glaubte man, dass dieses nur eine eigenthümliche Sitte der nordamerikanischen rothen Race gewesen sei, aber auch in Südamerika fand man Spuren davon und hier merkwürdigerweise selbst auf Graniten oder crystallinischen Felsarten. So z. B. erzählt uns Herr Rich. Schomburgk von der Abbildung eines Menschenfusses in Guyana auf einem grossen Granitblocke, der in nächster Nähe eines andern liegt; indem der Fuss in der Lage ist, wie der Fuss eines Menschen, der von einem Steine zum andern springen wollte. (Ausland 1843. S. 396.) Sir Woodbine Parish bestätigt auch das Vorhandensein von solchen Füssen weiter südlich in Südamerika. (Americ. Jo. of Sc. 1838. B. 33. S. 308.)

Aber zwischen Nord- und Südamerika liegen die an Denkmälern der vergangenen Zeit so reichen Länder von Mexico und Guatemala, so dass dem Herrn Feldmarschall-Lieutenant von Hauslab auch diese in Sinn kamen, als ich ihm meine Gedanken mittheilte. Nun fand unser College sogleich in den Bildern von den Wanderungen der alten Mexicaner ähnliche Spuren von Menschentritten und er zeigte mir selbst ein ähnliches Bild, das ein in unsern Tagen gestorbener oder noch lebender Rothhäuter le Petit Corbeau von der Wanderung seiner Horde gemacht hat, und siehe da, etwas Aehnliches kommt auch da vor.

Da unter Ihnen, meine Herren, wahrscheinlich Männer sind, die in den mexicanischen Alterthümern gut bewandert sind, so werden sie unsere Beobachtungen leicht vervollständigen können.

Wenn der grösste Theil von Amerika durch diese sonderbaren Reise-Zeiger ausgezeichnet ist, so war es der Mühe werth, zu sehen, ob Aehnliches nicht auch in Asien vorkomme. In Indostan gehören Abdrücke von Menschenfüssen unter die göttlichen Dinge, für die man eine besondere Ehrfurcht zeigt. Im brittischen Indien ist z. B. der wohlbekannte Abdruck des Buddha-Fusses auf einem Berge in Ceylon, und so viel ich mich erinnere, auch anderswo. Drei Tagereisen weit von Bangkok im siamesischen Reiche bei Predit ist ein ähnlicher Abdruck im Granite zu sehen. (Ausland 1829. S. 165.)

Aber auch auf den Granit- und Gneissfelsen Sibiriens hat man am Irtysch bei Buchtarminskaja Abbildungen von Menschen- und Vögelfüssen, so wie eines Pferdehufes entdeckt. (Erman's Archiv für Russland 1841. Bd. 1. S. 529 u. 1842. S. 175.)

Endlich selbst in Australien fand Herr Grey auf einem Sandsteinfelsen das Profil eines Menschenkopfes. (J. of two Expedit. in N. W. a. W. Australia 1841. B. 1. S. 206.)

Nach der Allgemeinheit dieser Nachahmung menschlicher Füsse oder Theile, so wie auch einiger Hausthiere, kann man keinen Zweifel mehr haben, dass sie eine uralte ethnographische Bedeutung hat, und nur darin die Laune einiger Arbeiter im letzten Jahrhundert, wie in Sibirien, sehen zu wollen, gränzt an Albernheit. Das öftere Vorhandensein von zwei Füssen, ihre Lage auf Felsen, bei Fluss-Ueberfahrten, ihre Richtung gegen den Fluss, die Pferdehufe, die Füsse der Gallinaceen, zeigt Alles dieses nicht auf im Wandern begriffene Menschen, die etwas von ihrem Schicksale hinterlassen wollen? Könnten selbst die Buddha-Füsse auf hohen Bergen nicht die Abfahrt am Meere von den indischen Colonien bezeichnen, und hätten wir nicht auf diese Weise einen handgreiflichen Beweis für die Art der allmäligen Colonisirung der Südsee-Inseln, vorzüglich von der malaischen Küste aus?

Sollte diese in Amerika und in einem Theile von Süd- und Nord-Asien gemachte archäologische Bemerkung nicht einen gemeinsamen Racen-Ursprung oder selbst eine Volkswanderung von Asien nach Amerika anzeigen, so dass die Rothhäute von der gelben Race abstammen würden?

Nach unseren obwohl beschränkten Kenntnissen der Menschen-Racen können wir dieses nicht glauben; im Gegentheile, die Rothhäute sind ebensowohl Amerika eigen, als die gelbe Race Asien. Sie haben zu grosse körperliche Verschiedenheiten, die kein Klima geben kann. Aber unsere erzählten Thatsachen würden auf ein sehr altes Zusammentreffen beider Racen im Norden und auf einen ethnographischen Verband zurückführen, wie wir noch jetzt dieselben Horden an beiden Ufern der Behringsstrasse bemerken. Dass ausserdem Asiaten zufällig, oder selbst aus verschiedenen Gründen nach Amerika gekommen sind und vielleicht einiges Asiatische den Amerikanern aufgepropft haben, das möchte mir glaubwürdig scheinen.

Vieles in den Monumenten der Azteken weist auf Indien hin, denn, wenn ich mich nicht irre, erwähnt selbst ihre Geschichte die Erscheinung von fremden Männern zu einer gewissen Zeit. Es gibt auch manches andere merkwürdig Aehnliche. So z. B. geben die Araukaner in Südamerika dem Mais oder Kukurutz einen Namen, der demjenigen sehr ähnlich ist, den er bei den Chinesen trägt. (Compt. R. A. d. Sc. Paris. 1840. B. 10. S. 202.)

Was am bestimmtesten aus meiner Auseinandersetzung folgt, ist wenigstens, dass gewisse amerikanische Völker weite Wanderungen in beiden Amerika's gemacht haben, und dass manche jetzt wilde Länder da einmal cultivirt waren, wie z. B. die Inschriften bei Maypur in den Urwäldern Guyana's (Berghaus, geographisches Jahrbuch für 1840) und die verwaldeten Monumente Yucatan's hinlänglich darthun. Das Bekannte aus der Geschichte der alten Mexikaner bestätigt vollständig diesen Schluss.

Endlich um diese Fussabdrücke zu machen, möchte ich nicht immer eine förmliche Zeichnung und Sculpturkunst annehmen, sondern eher glauben, dass sie auf Staub ihre Füsse modellirten und dann mit harten Instrumenten in dem Steine diese Abdrücke weiter ausführten. Ausserdem sind diese Abdrücke nur von Füssen von Wilden und keineswegs den Füssen civilisirter Menschen gleich. Wenn einer dieser Fussabdrücke am Wabach jetzt unter dem Wasserspiegel sich befindet, so kann dieses auf eine locale Senkung hinweisen, oder man könnte fragen, ob vielleicht der Künstler das Wasser erstlich von dem Felsen durch einen Damm entfernt hatte, ehe er seine Arbeit machte, weil Fussabdrücke unter dem Wasser noch viel besser den Uebergang über einen Fluss symbolisch charakterisiren möchten. [1])

Herr Regierungsrath Arneth liest die Fortsetzung seines Berichtes über Dr. Kandler's Werke:

VII. *L'Istria.* Unter dieser Aufschrift begann Herr Kandler im Jahre 1846 eine Zeitschrift, deren Hauptzwecke der Herausgeber mit folgenden Worten schildert:

---

[1]) Herr Regierungsrath Arneth bemerkt, dass solche Fussabdrücke auf harten Steinen auch im Erzherzogthum Oesterreich neben kleinen Flüssen gefunden wurden.

„In l'Istria intendesi di discorrere della geografia fisica, „amministrativa ed ecclesiastica, della relazione fra la provincia „e le limitrofe, dell' attitudine ai commerci ed all' agricoltura, „della statistica, delle instituzioni civili, della storia medesima, „dacchè è questa la maestra della vita, e di quanto possa tor„nare di vantaggio e di decoro."

Es umfasst also die Zeitschrift l'Istria die wichtigsten Zweige der Wissenschaften. In wie ferne sie ihrer Aufgabe nachgekommen, zeigt ein näheres Eingehen in die vielen schönen und gelehrten Aufsätze, welche in den vier bis jetzt herausgekommenen Jahrgängen enthalten sind. Es sind auch häufig Zeichnungen zur Veranschaulichung der beschriebenen Gegenstände beigegeben, als: Eine Karte von Istrien, Grundrisse von Ravenna, vom alten Dome zu Pirano, vom Baptisterium zu Pirano, von dem zu Rovigno, zu Pola, von der Kirche St*. Agatha in Cittanuova, St*. Maria Maggiore zu Triest, Maria Formosa zu Pola, S. Francisco zu Pola.

Aus der kirchlichen Geographie sind geschildert: Die Diöcesen von Triest, Capo d'Istria, Parenzo, Pola, Veglia. Diesen Schilderungen sind beigegeben: 1. Historische Erläuterungen über verschiedene Klöster und geistliche Orden als: Franciscaner, Benedictiner, Jesuiten, Piaristen; 2. über geistliche Monumente und Gebäude; 3. verschiedenes Kirchengeschichtliches, als: Verzeichnisse der Bischöfe von Triest, Capo d'Istria, Citta nuova, Pedena, Parenzo, Pola, — Nachrichten von Heiligen, als: Hieronimus, Maurus, Pelagius, Germanus, Servolo.

Die Geographie ist für alle 3 Perioden bearbeitet in den Aufsätzen über alte Geographie, die Umgebungen des Monte Maggiore, die Insel Cherso, die Colonien von Parenzo — über den Timavus, über das istrische Emonia, über Albona — del antico agro Triestino, Parentino, Petenati, die oben angezeigte Geografia antica. — Die mittelaltrige enthält Aufsätze über Albona, Muggia, Pirano, Umago, Cittanuova, Parenzo, S. Lorenzo, die Grafschaft Orsera u. s. w. — Die neue schildert die Districte von Albona, Bellai, Buje, Capo d'Istria, Castelnuovo, u. s. f.

So sind auch andere, über die natürliche Landesbeschaffenheit vielfaches Licht gebende Aufsätze enthalten, als: die Geographie Istriens im Allgemeinen, die Geologie, Orographie, Botanik, Meteorologie, Aecker- und Waldcultur, Bodenbeschreibungen, Bevölkerung, z. B. von Triest. Diese Stadt hatte 1717: 5600 — zur Zeit der Maria Theresia 1758: 6400 — Kaiser Josephs 1785: 17,600 — Napoleons 1811: 24,600 — Franz' 1815: 32,000, 1835: 50,200 — Ferdinand's 1845: 60,000 Einwohner. Pola, das aus der römischen Periode ein Amphitheater hat, welches 25,000, ein Theater, welches 10,000 Personen fasst, ist nach und nach so herabgekommen, dass es nach der letzten Pest 1631 im Jahre 1641 nur 347 Einwohner zählte, im Jahre 1809 aber nur 696, im Jahre 1835: 1177 und im Jahre 1844 aber 1148.

Viele Aufmerksamkeit ist den Gesundheitsverhältnissen gewidmet, daher Abhandlungen unter dem Titel: Fatti fisici-Condizione sanitaria dell' Istria aufgenommen sind, die immer beweisen, dass das Clima eher zu den gesunden zu rechnen sei, als zu den ungesunden.

Die erwähnte Zeitschrift enthält auch Aufsätze über die Administration im Allgemeinen und im Besondern, als: Gesetze im 14. Jahrhunderte und in der Gegenwart, die öffentliche und Communal-Verwaltung, Civil- und Criminal-Gesetze, Vermessung und Schätzung, Verwaltung zur Zeit der venetianischen Herrschaft, öffentliche Einrichtungen für Wohlthätigkeit, Erziehung, Sicherheit, Schauspiele, Land-Oekonomie, Handel, Strassen, Leuchtthürme, Materialien für den Handel im adriatischen Meere.

Die ernste Richtung der l'Istria zeigt sich in den Abhandlungen über die Architectur des alten und neuen Istrien, über die alten und neuen Wasserleitungen und Cisternen, eine Hauptangelegenheit Istriens. Insbesondere ist die Geschichte dieser Provinz sehr berücksichtigt, indem sie Abhandlungen über die Markgrafen von Istrien, deren Aufeinanderfolge, über die Patriarchen, die zugleich Markgrafen waren und ihre Herrschaft, wie das Kaiserhaus in den Besitz von diesen Gegenden kam.

1374. Die Grafschaft Istrien in Folge der Verträge zwischen dem letzten Markgrafen Albrecht und dem Hause Habsburg.

1382. Ergab sich Triest freiwillig an Habsburg.

1500. Die Grafschaft Görz mit Pertinentien in Folge Successionsvertrag.

1509. Die Grafschaft Gradiska mit Aquileja in Folge von Friedensschlüssen mit Venedig.

1647. Kam Gradiska an die Fürsten Eggenberg.

1706 wieder an's Kaiserhaus.

1797. Die Markgrafschaft Istrien und die Inseln vom Quarnero in Folge alter Rechte und Frieden von Campo formio.

1807. Der District von Monfalcone laut Vertrag von Fontainebleau.

1814. Das ganze Litorale in seiner gegenwärtigen Gestalt laut dem Frieden von Paris.

Ausser diesem enthält das erwähnte Journal noch viele schöne geschichtliche Untersuchungen, z. B. Frieden zwischen dem Markgrafen von Istrien und dem Dogen Candiano II. v. Jahre 933. — Provinzial-Constitution vom Jahre 1100. — Parlamento Istriano im Jahre 804. — Ueber die Einfälle der Türken, über die österreichischen Colonien in Indien, Capo d'Istria im 15. Jahrhunderte, über die Uskoken, über den Markgrafen Albrecht von Istrien, über die Slaven in Istrien, u. s. w., über die Berge von Golaz, über das zoologische Museum des adriatischen Meeres zu Triest. — Einen besondern Vorzug hat die Istria durch ihre gelehrten Arbeiten über Gegenstände des Alterthums, z. B. ein vortrefflicher Aufsatz des Herrn Kandler über zwei elfenbeinene Cassetten-Dyptichen zu Pirano und Capo d'Istria, und insbesondere über sowohl römische, heidnische und christliche, als mittelalterliche und neue Inschriften, auf welchen Götter und Göttinnen vorkommen, als: Adsalluta, Bona Dea Castrensis, die vielleicht nur in Pola bekannte Eia, Histria, Janus, Ica, Jupiter, Liberus, Minerva, die Nymphen der Savus, Silvanus, Venus Iria; die Kaiser und Kaiserinnen: Caesar Octavianus, Claudius, Nerva, Trajanus, Philippus II., Ulpia Severina, Maximinianus Herculius, Licinius; die Tribus: Claudia, Lemonia, Pupinia, Papia, Romilia, Velina; Künste und Gewerbe: Figlina, Faber pectinorum, Panius, Lotor Vestiarius; die Geographie: Municipium und Respublica Albonensium; Colonia Hemonensium, Colonia Julia Parentiorum, Colonia, Respublica und Municipium Parentinorum, Respublica und Municipium Polensium.

Eine vorzügliche Zierde der l'Istria bildet der beigelegte: Codice Diplomatico Istriano.

Anno 538. Cassiodorus Senator Praefectus des Praetoriums, Minister des Innern, des Gothenkönigs Witiges verlangt von den Istrianern die Entrichtung der Lebensmittel und des Geldes für den königlichen Pallast zu Ravenna.

538. Ein sehr ähnlicher Befehl.

543. Euphrasius Bischof von Parenzo legt zum Vortheile des Clerus den Zehent auf. (Aus dem Archive zu Parenzo.)

804. Parlament von Istrien über die Klagen der Provinz. (Aus dem Codex Trevisani.)

933. Winter, Markgraf von Istrien schliesst Frieden mit dem Dogen von Venedig Candianus II. (Aus dem Codex Trevisani.)

1365. Albrecht bestätigt dem Adel und den Besitzern ihre Rechte.

1382. Albrecht von Oesterreich genehmigt die von der Gemeinde von Triest angebotene Unterwerfung. (Aus einer Handschrift im Triester Stadtarchive.)

1491. K. Friedrich übergibt der Stadt Triest das Vitztumambt.

1717. Kaiser Carl VI. befördert die Schifffahrt und den Handel in Innerösterreich.

Herr Dr. Pfizmaier liest:

„Bemerkungen über die von La Peyrouse gelieferte Wörtersammlung der Sprache von Sagalien."

In einem in der Classensitzung vom 17. Jänner v. J. vorgelesenen Aufsatze „über die Aino-Sprache," hatte ich mir vorbehalten, meine Bemerkungen über die Wörtersammlung des Weltumseglers La Peyrouse, welche mir damals noch nicht zu Gesicht gekommen war, bei einer andern Gelegenheit der kais. Akademie mitzutheilen. Nachdem ich die gedachte Sammlung in dem Werke: *Voyage de La Pérouse autour du monde* (Paris 1797) aufgesucht, bin ich jetzt auf Grundlage einiger anderer von mir auf diesem Gebiete unternommenen Arbeiten, im Stande, darüber das Folgende zu berichten.

Die dem 31. Capitel angehängte Sammlung ist betitelt: *Vocabulaire des habitans de l'île Tchoka, formé à la baie de Langle,* und enthält somit den Dialect der von den Europäern gewöhnlich mit dem Namen Sagalien[1]) bezeichneten Insel. Die

---

[1]) La Peyrouse sagt, dass diese Insel von den Eingebornen Tchoka oder auch Tanina genannt wird. Er erwähnt ferner den Namen Okou-Yesso, und meint, dass derselbe dieser Insel nicht eigenthümlich, sondern wahrscheinlich japanisch sei. Und allerdings ist die letztere Vermuthung richtig, denn ヲエクヤ *Woku-Yeso*, nach der Aussprache der westlichen

Sammlung selbst ist zwar äusserst dürftig und nur aus 160 Wörtern bestehend, jedoch sind mir durch dieselbe manche Aufschlüsse, die ich mir auf einem andern Wege nicht leicht erhalten hätte, zu Theil geworden.

Dialecte *Oku-yeso*, bedeutet im Japanischen das Innere oder tiefe Jesso, und obgleich mir der Ausdruck noch nicht im Japanischen vorgekommen, so zweifle ich doch nicht an dessen Gebräuchlichkeit. Die Japaner nennen die Insel sonst noch リ カ サ *Sakari*, entsprechend dem von dem gleichnamigen Flusse der Mantschurei entlehnten Sachalin, gewöhnlicher Segalien oder Sagalien. Der Name トフラカ *Kara-futo*, zusammengezogen *Karafto*, der auch in einigen japanischen Schriften vorkommt, scheint nicht japanisch, sondern von den Bewohnern von Jesso der obgenannten Insel beigelegt worden zu sein, denn in der dem Werke Mo-siwo-gusa beigegebenen kleinen Karte der Aino-Länder, auf welcher der Name der verschiedenen Gebiete (ンタコ *Kotan*) in der Aino-Sprache mit Kata-ka-na-Schrift ausgedrückt wird, heisst diese Insel ebenfalls トフラカ *Karafuto*.

Ueberhaupt scheint es, dass die Bewohner dieser zwei Inseln nicht das eigene, sondern nur das fremde Land mit einem allgemeinen die ganze Insel in sich fassenden Namen benennen. Wenigstens stehen auf der oberwähnten kleinen Originalkarte ausser Karafuto zwar die Namen der kleineren Inseln, nicht aber jene der Insel Jesso, auf welche hier vorzugsweise Rücksicht genommen wurde. Auch ist mir keine Bezeichnung für dieselbe in der Aino-Sprache vorgekommen, während in einem in die gedachte Sprache übersetzten historischen Fragment dem japanischen チノゾエ *yeso-no tsi* „das Land Jesso" der Ausdruck ノイアンタコ *aino-kotan* „Land der Aino" entsprechend gefunden wird.

Ich vermuthe sogar, dass die oben angeführten Namen Tchoka und Tanina nicht einmal die Namen einzelner Gebiete, sondern ganz gewöhnliche Wörter sind, die auf die von den Reisenden gestellten Fragen, besonders bei der Richtigkeit der obigen Voraussetzung, leicht als Antwort gegeben werden konnten. Denn ヨチ *tsio (tcho)* hat wenigstens in dem Dialect von Jesso die Grundbedeutungen von ich und dieser in dem Worte イカ|ヨチ *tsiókai*, das sowohl durch ガワ *waga* ich oder mein, als auch durch ウホノフ *sono-fó* (wörtlich: diese Gegend), eine unserem Sie als Anrede entsprechende Zusammensetzung erklärt wird. カ *ka* bedeutet Land, und somit hiesse *Tchoka* nichts anderes als dieses oder unser Land. Eben so hat ヲタ *tane* im Dialect von Jesso die Bedeutung dieser, und könnte, besonders bei der öfters beobachteten Verwechslung der Endlaute *e* und *i* im Dialect von Kurafuto *tani* lauten, wie es denn auch eben so häufig

Vor Allem habe ich daraus ersehen, dass der Dialect von Sagalien von jenem der Insel Jesso sehr wesentlich verschieden ist, so dass bezweifelt werden muss, dass die Bewohner dieser beiden Inseln einander verstehen. Indem ich hiermit den Umstand, dass in dem von mir benützten, sonst nichts weniger als reichhaltigen Vocabularium für einen und denselben Gegenstand oft mehrere Synonyma gesetzt werden, so wie einige von mir an den Textesstellen gemachte Beobachtungen in Verbindung bringe, glaube ich annehmen zu dürfen, dass die Aino-Sprache in zahlreiche von einander stark abweichende Dialecte zersplittert ist, gleichwie in Kamtschatka jedes Dorf seine eigene Sprache besitzen soll, so dass die Bewohner des einen die des andern nicht mehr verstehen.

Ferner habe ich gefunden, dass der Lautcharacter der Aino-Sprache mit dem der japanischen, wenigstens was die mir bekannten Dialecte der letzteren betrifft, nicht in allen Stücken Uebereinstimmung zeigt. Die Laute *ch (sch)* und *tch (tsch)*,

---

ン タ *tan* geschrieben wird. ナ *na* hat ebenfalls in dem erstgenannten Dialecte eine dem Worte L a n d oder O r t analoge Bedeutung, wie aus dem Ausdrucke ム ヤ ジ ン ウ ナ *na-un sisiam*, wörtlich: ein Mensch des Ortes und erklärt durch ノ ヨ ジ ウ ト ト ヒ *tó-sio-no fito*, ein Eingeborner, zu ersehen ist, in Folge dessen *Tanina* so viel als ナ ネ タ *tane-na*, dieser Ort, sein würde.

La Peyrouse erwähnt noch, dass die Bewohner von Sagalien die Gegend südlich von ihrer Insel Chicha nennen, ein Name, über den ich mich bei der sehr bedeutenden Verschiedenheit der Dialecte und der Unzugänglichkeit der Hilfsmittel nichts bestimmtes zu sagen getraue. Jedoch halte ich es nicht für unmöglich, dass Chicha so viel ist als ヤ ジ ジ *si-sia* (nach der Aino-Aussprache Schi-scha) der grosse Fluss, wobei ich bemerke, dass ジ *si (schi)* die Grundbedeutung von gross, gewaltig hat in den Zusammensetzungen ヽ ル ジ *si-ruru*, das hohe Meer, ル グ ン ア ジ *si-an-guru* ein Reicher.

Hierher gehört noch die Angabe, dass die Kamtschadalen die Japaner (eigentlich wohl die Kurilen), mit dem Namen S c h i s c h e m a n n belegen und dass dieser Name von dem „japanischen" Worte S c h i s c h „Nadel" herstammen solle, was insofern zu berichtigen ist, als eine Nadel im Japaschen リ ハ *fari* heisst, und S c h i s c h seinem Laute gemäss, der letztgenannten Sprache gar nicht angehören kann, sondern wahrscheinlich kurilisch ist. Es scheint dieses S c h i s c h auch nicht mit dem oben gedachten *Chicha* in Verbindung zu stehen. Für „Nadel" ist mir übrigens in der Aino-Sprache nur das Wort ム ケ *kemu* bekannt.

so wie die Sylben *tou* und *tsa*, welche in der französischen Transcription vorkommen, sind dem Japanischen eigentlich fremd, ebenso einige Consonantenhäufungen, wie *qs-ch*, *btk*, die mir aber in dem einen oder dem andern Falle in Folge von Druckfehlern entstanden zu sein scheinen. Was in einer Vorerinnerung hinsichtlich der Kehllaute und der Verbindung *qs* gesagt wird, ist mir nicht klar.

Das japanische Alphabet ist für die Transcription von fremden Wörtern, in welchen Häufungen von Consonanten vorkommen, vielleicht das ungeeignetste von allen. Dasselbe wurde ursprünglich nur für solche Sylben gebildet, welche auf Vocale endigen, was für die älteste und reine Sprache auch völlig hinreichend ist. Wo man später genöthigt war, Consonanten ohne darauf folgenden Vocal auszudrücken, bediente man sich nur bei *n* eines besonderen Zeichens, ausserdem aber setzte man eine auf den Laut *u* endende Sylbe, welcher Laut *u* dann in der Aussprache wegfällt, ohne dass dieses in der Schrift durch irgend etwas angedeutet wird. In dem herrschenden Dialect geschieht dieses nach Regeln, welche, wenn man nur die Bedeutung und die Abstammung eines Wortes kennt, nicht den geringsten Zweifel über die Aussprache übrig lassen. Bei fremden Wörtern, mit Ausnahme der chinesischen, lässt sich jedoch nach der Schreibart allein niemals bestimmen, wann dieses *u* ausgesprochen werden soll oder nicht, während bei Consonanten, welche mit *u* in dem Syllabarium nicht vorkommen, bisweilen auch wenn es der Wohllaut zu erfordern scheint, eine auf einen andern Vocal ausgehende Sylbe gesetzt wird. Hierzu kommt noch die Abwesenheit gewisser Grundlaute und der Umstand, dass *f* und *h*, *r* und *l* durch kein eigenes Zeichen von einander unterschieden werden, oder, richtiger gesagt, dass die Laute *h* und *l* in dem oben genannten Dialect gänzlich fehlen. Um von vielem nur einiges anzuführen, bemerke ich, dass z. B. das holländische *bilsenkruid* durch ビイロコンセルビ *bi-ru-sen-ko-ro-i-do*, das gleichfalls holländische *walrus* (Wallross) durch ワルリユス *wa-ru-ri-yu-su*, der Name der Engländer von dem Worte *English*, durch スリギイ *i-gi-ri-su*, der Name der Deutschen von dem holländischen *duitsch*, durch ツイド *do-i-tsu* ausgedrückt wird.

155

Die Schreibweise der Aino-Wörter in dem Mo-siwo-gusa unterscheidet sich bloss durch einen bisweilen seitwärts angebrachten mir nicht ganz erklärbaren Verbindungsstrich, ferner durch einen die Länge der Vocale anzeigenden Verlängerungsstrich, durch einen zur Seite des ツ gesetzten kleinen Ring, der das eine oder das andere Mal, jedoch wie es scheint, nur aus Versehen, auch bei カ und セ zu finden ist, und endlich noch bei zwei oder drei Wörtern durch einen neben das イ gesetzten Punct. Hierüber ist zu bemerken, dass bei den Wörtern der Aino-Sprache, welche hinsichtlich ihres Lautsystems der japanischen ziemlich nahe steht, die Transcription weit regelmässiger und weniger abweichend ist als bei gewissen europäischen, namentlich germanischen Wörtern. Ich erkläre hier die Eigenthümlichkeiten der in dem Mo-siwo-gusa angewendeten Schreibweise, in so weit als mir dieses durch die Vergleichung mit der im Eingange gedachten Wörtersammlung möglich geworden ist.

ツ° ist so viel als *tou*, z. B. イ ツ° エ *etù*.

Die Verbindungen ヤ シ und ユ シ lauten *scha* und *schu*, z. B. バ ヤ シ *schaba*, マ ユ シ *schuma*. Eben so muss auch der Verbindung ヨ シ der Laut *scho* beigelegt werden, wovon jedoch bei La Peyrouse kein Beispiel vorkommt.

シ und セ lauten öfters *schi* und *sche*. Eben so scheint チ öfters für *tschi*, ヤ チ für *tscha* und ヨ チ für *tscho* zu stehen.

ヤ チ kann auch *tsa* lauten, z. B. ロ ヤ チ *tsaro*.

ツ ohne Vocal lautet auch *sch*, und ≠ auch *tscki*, welches letztere jedoch in der Verschiedenheit der Dialecte seinen Grund haben kann, z. B. カ ツ ワ *waschka*, ロ ≠ *tschiro*.

In den mit dem Consonanten *f* anfangenden Sylben wie ハ ヘ u. s. f. scheint dieses *f* immer wie *h* zu lauten, wenigstens habe ich den erstgenannten Buchstaben in dem Vocabularium nicht gefunden.

Eben so behalten die mit dem Consonanten *r* anfangenden Sylben beinahe überall diesen Laut, der nur selten in *l* verwandelt wird.

Das *u* in den Sylben ム *mu*, ツ° *pu* und ス *su*, scheint immer stumm zu sein, wenn diese Zeichen am Ende eines Wortes stehen.

Auslassungen des Vocales können auch bei anderen auf *u* endenden Sylben statt finden

Ich gebe hier das Verzeichniss derjenigen Wörter in der Sammlung, welche mit dem Dialecte von Jesso Uebereinstimmung zeigen, indem ich dieselben mit den in dem Mo-siwo-gusa enthaltenen zusammenstelle, wobei noch zu bemerken ist, dass das Vocabularium von La Peyrouse ganz nach der französischen Orthographie eingerichtet ist und demnach unter andern *ai* und *ay* wie *ä*, und *au* wie *o* gelesen werden müssen.

Vocabularium von La Peyrouse.	Mo-siwo-gusa.
Chy, oeil, les yeux	キシ
	キ *ki*, bedeutet Sache, und ist dem シ angehängt worden.
Etou, le nez	イプヱ
Notamekann, les joues ..	ムカタノ jap. ノホ *fō*.
Tsara, la bouche	ロヤチ
Yma, les dents	キマイ jap. ハ *fa*.
	キ *ki* ist ebenfalls angehängt worden.
Aon, la langue .... (Offenbar ein Druckfehler statt *Aou*.)	ウア
Mochtchiri, le menton ... (Dürfte wohl *Nochtchiri* heissen.)	リキツノ jap. イザトオ *wotogai*.
Qs-chara, les oreilles ..	ラヤシキ das Ohr.
Chapa, les cheveux	バヤシ der Kopf.
Ochetourou, la nuque ...	ルヲツセヲ nates, jap. リシ *siri*.
Saitourou, le dos	ルプセ jap. カナセ *senaka*.

157

Vocabularium von La Peyrouse.	Mo-siwo-gusa.
Tay, l'avant-bras . . . . . (spr. *te*.)	ケ テ oder キ テ die Hand. ケ *ke* und キ *ki* sind wie oben angehängt worden. ケ *ke* hat die Bedeutung von Gestalt.
Toho, les mamelles . . . . (spr. *tô* oder *to-o*. Nach der Schreibart dieses Vocabulariums darf das *h* zwischen zwei Vocalen nicht ausgesprochen werden.)	プ カ イ ト イ ト *to* ist das Wurzelwort, カ *ka* bedeutet Ort, und プ *p* entspricht dem bestimmten Artikel.
Honc, le ventre . . . . . . (Druckfehler statt *Hone* oder *Honi*.)	ニ ホ
Tsiga, parties naturelles de l'homme	イ チ jap. ウ ヤ キ ン イ *in-kiò*. Das im Dialect von Sagalien angehängte *ga* ist so viel als カ *ka* und bedeutet Ort.
Assoroka, les fesses	ロ ヨ シ ヲ Im Dialect von Sagalien wieder die Anhängung von カ *ka*, Ort.
Paraouré, le dessus des pieds	レ ウ ラ バ jap. カ ノ シ ア キ サ ア *asi-no kò saki*, die Gegend vor den Nägeln der Zehen.
Ouraipo, la plante des pieds .	レ ウ Fuss oder Bein, jap. タ マ *mata*. ホ° *po* wird wie das japanische コ *ko* bisweilen den Hauptwörtern angehängt.
Kaima pompéam, le pouce du pied	マ ケ Fuss, jap. シ ア *asi*. ム ア der Nagel an den Hän-

Vocabularium von La Peyrouse.	Mo-siwo-gusa.
(Kann nur die Zehe oder vielmehr den Nagel der Zehe bedeuten.)	den oder Füssen, jap. メ ツ tsume. Pompé entspricht dem auf Jesso gebräuchlichen ベ ン ケ Finger.
Kaïani ou Kahani, navire, vaisseau. (Bedeutet Mastbaum von ヤ カ kaya Segel und ニ ni, Baum.	ニ ヤ カ ein Mastbaum, jap. ラ シ バ 木 fo-basira.
Ouachekakai, sorte de pelle en bois, servant à jeter l'eau des pirogues.	ケ カ ツ ツ jap. erklärt durch ル ト ヲ カ ア ノ ネ フ ハ ツ ウ fune-no aka-wo toru utsuwa, ein Werkzeug, mit welchem man die Schiffe vom Schmutze reinigt.
Soïtta, banc de pirogue . . .	タ イ ヨ シ jap. タ ノ ネ フ タ イ ナ fune-no tana-ita, das Bret auf dem Verdecke eines Schiffes. Das japanische タ イ ita, Bret, ist auch in der Aino-Sprache üblich.
Moncara, hache de fer . . (Scheint ein Fehler statt Moucara.)	リ カ ツ ム jap. リ カ サ マ masakari, eine Axt. Die Sylben ラ und リ werden am Ende der Wörter öfters verwechselt.
Couhou, arc (spr. kù) . . . Haï, flèches ordinaires, en fer, à langue de serpent, les unes barbelées, les autres unies .	ノ グ イ ア jap. ヤ ya.
Tassiro, grand coutelas . .	ロ シ タ
Matsirainitsi et makiri, petit couteau à gaine.	リ キ マ jap. ナ タ ガ コ kogatana. Das erstgenannte Wort fehlt.

159

Vocabularium von La Peyrouse.	Mo-siwo-gusa.
Kaine, aiguille à coudre . . (Scheint irrig statt Kaime spr. käm zu stehen.)	ム ケ jap. 1) ハ fari.
Achtoussa, casaque tissue de fine écorce de bouleau très-artistement préparée.	ツ ア Birkenbast, jap. ヒ ヲ ハ カ ウ ヤ wo-fiò-kawa. Toussa ist wahrscheinlich so viel als ヤ チ ツ° jap. デ ツ sode, ein Aermel oder Aermelkleid.
Sétarouss, grande casasque, ou redingote de peau de chien.	タ ヒ Hund, イ ル Leder.
Tchirau, souliers de forme chinoise, dont le bout en pointe est très-recourbé en haut.	ロ キ als ein Wort des Dialectes von Karafuto bezeichnet, sonst 1) ケ jap. ダ キ ヒ seki-da.
Tama, grains de rasade bleue isolés. (Ein japan. Wort.)	
Hounéchi, le feu	ボ ジ ン ウ ボ ist ein Wort wie 玉° oder das jap. コ ko. Das gewöhnlichere Wort für Feuer ist ベ ア
Taipo, un fusil (Ein jap. Wort, eigentl. ウ ホ° ツ テ teppô).	
Ouachka, eau douce	カ ツ ウ Wasser.
Chouhou, chaudière de cuivre. (spr. schû).	) ユ イ jap. ベ 、 ナ カ kana-nabe.
Tsouhou, le soleil . . . . . (spr. tsû).	ツ° ツ ユ チ oder ツ° ユ チ Das hier angehängte ツ° entspricht dem bestimmten Artikel.
Chouman, pierre, terme générique.	マ ユ イ ein Stein.
Ni, tronc d'arbre, et bois en général.	ニ ein Baum.

Vocabularium von La Peyrouse.	Mo-siwo-gusa.
Mahouni, le rosier naturel . .	ウマ eine Hagerose, jap. シナマハ *fama-nasi*. = *ni* ist das obige Baum.
Pech koutou; angélique, plante	プヽクヘ jap. イワク イタ *kuai-tai*, der Name einer unbekannten Pflanze.
Màchi, goëland, oiseau palmipède des bords de la mer.	シマ jap. メモカ *kamome*, eine Seemöve.
Pipa, grande telline-nacre, coquille idem.	ハビ eine Auster, jap. キカ *kaki*.
Toukochich, le saumon . . .	ヽシクト jap. スマメア *ame-masu*.
He, et *hi*, oui	セ丨イ oder セ丨ヱ セ hat die Grundbedeutung dieses.
Tap ou *tapé*, ceci, cela, celleci, celui-là.	プタ dieser, jap. ノヿ *sono*.
Ajbé, manger. (Action de) . (Soll wohl *Aibé* heissen.)	ベイヽ
Etaro, dormir	ロトヱ das Schnarchen, jap. キビイ *ibiki*.
Tchiné, un	テシ¹⁾
Tou, deux	プ
Tché, trois	レ²⁾

---

¹) Diesen Zahlen bis einschliesslich fünf kann eine der Determinativpartikeln プ ツ- ベ - ヘ° angehängt werden, z. B. プツテシ - プ ツプ - ヘ° | ツ u. s. f. Von sechs angefangen habe ich das プ ツ nicht mehr beobachtet.

²) レ und テ (in manchen Wörtern vielleicht *tsche* ausgesprochen) fand ich in der Aino-Sprache einige Male verwechselt, z. B. ルタレ und ルタテ weiss.

Vocabularium von La Peyrouse.	Mo-siwo-gusa.
Yné, quatre	ネイ
Aschné, cinq	ネキシア
Yhampé, six	ベニワイ¹)
Araouampé, sept	ベニワルア²)
Toubi schampé, huit	ベンヤシベプ³)
Tchinébi schampé, neuf . .	ベンヤシベネシ⁴)
Houampé, dix	ベニワ⁵)
Tchinébi kassma, onze . . .	ワマシカイプワネシ⁶) ベニ
Toubi kassma, douze . . .	ワマシカイプワプ ベニ⁷)
Tchébi kassma, treize . . .	ワマシカイプワレ ベニ
Ynébi kassma, quatorze . .	ワマシカイプワネイ ベニ

---

¹) Das Grundwort ist ニワイ und ベ die Determinativpartikel.

²) Zusammengesetzt aus ルア von unbekannter Bedeutung, wahrscheinlich eben so viel als ロア mit der Grundbedeutung frühzeitig, dann aus ニワ zehn und ベ der Partikel.

³) Zusammengesetzt aus ベプ zwei mit der Determinativpartikel, und ベニヤシ der Zusammenziehung von ベニワ zehn und, wie es scheint, von dem vorgesetzten ムヤシ nicht, es ist nicht da, das Ganze also so viel als: Zehn weniger zwei.

⁴) Ebenfalls zusammengesetzt aus ベネシ eins, und ベニヤシ wie die Zahl acht, das Ganze also so viel als: Zehn weniger eins.

⁵) Das Grundwort ist ニワ.

⁶) Zusammengesetzt aus プワネシ eins, マシカイ japanisch ルマア übrig bleiben, und ベニワ zehn. Das ベニワ zehn ist in dem Vocabularium von La Peyrouse — ob dem Dialecte gemäss oder nicht, lässt sich bestimmen — weggelassen worden.

⁷) Wieder so viel als: zwei und zehn übrig. In dem Dialect von Jesso steht プワプ zwei mit der Partikel プワ. Die folgenden Zahlen bis einschliesslich neunzehn sind in beiden Dialecten auf dieselbe Weise zusammengesetzt.

Vocabularium von La Peyrouse.	Mo-siwo-gusa.
Aschnébi kassma, quinze .	ワマシカイ ネ キ シ ア ベ ニ 1)
Yhambi kassma, seize . . .	ベ ニ ワマシカイ ニ ワイ
Araouambi kassma, dix-sept	ワ マ シ カ イ ニ ワ ル ア ベ ニ
Toubi champi kassma, dix-huit	シ カ イ ニ ヤ シ ベ プ ベ ニ ワ マ
Tchinébi schampi kassma, dix-neuf	ワ マ シ カ イ シ ベ ネ シ ベ ニ 2)

Die folgenden fünf hier noch angeführten Zahlen sind zwar an und für sich von den auf Jesso gebräuchlichen verschieden, bestehen jedoch aus Elementen, welche beiden Dialecten gemeinschaftlich sind.

Houampébi kassma, vingt. Den vorigen analog von ベ ニ ワ Zehn, mit der Bedeutung von: Zehn, und zehn übrig. Im Dialect von Jesso steht dafür ワ 本 (*hosch*), ein eigenes Grundwort.

Houampébi kassma tchine-ho, trente. Aus ベ ニ ワ zehn, マ シ カ イ übrig bleiben, ネ シ eins, und 本 mit der Grundbedeutung: zwanzig. Im Dialect von Jesso イ ベ ニ ワ ワ 本 プ° von ベ ニ ワ zehn, イ mit der Grundbedeutung: weniger, und ワ 本 プ° (aus ワ° zwei, ワ 本 zwanzig) vierzig.

Yné houampé touch-ho, quarante. Aus ネ イ vier, ベ ニ ワ zehn und *touch-ho*, das in dem andern Dialect nicht vorkommt, aber offenbar die Beziehung zu zwei oder zwanzig andeutet. In dem Mosiwo-gusa ワ 本 ワ°, das schon bei der vorhergehenden Zahl dreissig erklärt wurde.

---

1) Hier so wie in den drei folgenden Zahlen die Auslassung der Partikel ベ.
2) シ ベ ネ シ ist im Dialect von Jesso eine Abkürzung von ベ ネ シ ベ ニ ヤ シ neun.

Aschné houampé taich-ho, cinquante. Aus ネ キ シ ﾗ fünf, ベ ユ ７ zehn und *taich-ho*, das gleichfalls in dem andern Dialect nicht vorkommt, aber die Beziehung zu drei oder dreissig anzudeuten scheint. Die Grundsylbe *tai* entspricht dem *tché* drei. In den Mo-siwo-gusa ツ杰 レ イ ベ ユ ７ von ベ ユ ７ zehn, イ mit der Grundbedeutung weniger, und ツ杰 レ sechzig.

Tou aschné houampé taich-ho, cent. Das vorhergehende *aschné houampé taich-ho* fünfzig mit ツ° zwei. In dem andern Dialect ツ杰 ネ キ シ ﾗ von ネ キ シ ﾗ fünf und ツ杰 zwanzig.

Die übrigen aus der Mehrzahl bestehenden Wörter zeigen keine merkliche Uebereinstimmung mit den in dem Mo-siwo-gusa enthaltenen. Um den Unterschied der Dialecte kenntlich zu machen, liefere ich hier das Verzeichniss derselben zugleich mit den in dem eben genannten Werke ihnen entsprechenden Synonymen, wobei ich bemerke, dass eine gewisse Anzahl der durch sie bezeichneten Gegenstände in dem Wo-siwo-gusa fehlt. In einigen Fällen schienen mir die französisch geschriebenen Wörter unrichtig abgedruckt worden zu sein, was von mir jedesmal angemerkt wurde.

Vocabularium von La Peyrouse.	Mo-siwo-gusa.
Tura, les sourcils	ル ラ
Quechetau, le front	Fehlt.
Téhé, la barbe	キ レ
Tapinn éhinn, l'épaule	ス ユ シ ７° タ
Tacts sonk (?) le bras (Vielleicht *Taits souk*.)	ツ ケ ト シ oder ケ ト ツ シ
Tay ha, le poignet	Fehlt.
Tay pompé, la main, et les doigts en général.	テ ツ ベ キ シ ﾗ die Finger.

Vocabularium von La Peyrouse.	Mo-siwo-gusa.
Tchouai pompé, le pouce	ベニケナニヲ [1]) oder ベニケツアル [2])
Khouaime pompé, l'index	ベニケキニタイ [3])
Kmoche kia pompé, le médius	ベニケニユシ [4]) oder ケツナケシノニシベニ [5])
Otsta pompé, l'annulaire	ベニケコシニホ° [6])
Para pompé, l'auriculaire	ベニケツナニホ° [7])
Tchame, de devant et le haut de la poitrine.	ルラテ oder クフラ die Brust. Vielleicht so viel als ベニヤシ das Herz.
Chipouille, parties naturelles de la femme.	キボ
Ambe, les cuisses	ムノヲ
Aouchi, les genoux	バカツコ und noch zwei andere Synonyma.
Tcheai, le jarret, ou pli du genou.	Fehlt.

---

[1]) Offenbar so viel als der alte, der bejahrte Finger von ネニヲ bejahrt und ベニケ mit der Grundbedeutung Finger.

[2]) Die Bedeutung der einzelnen Theile dieses Wortes ist ル der Weg, ツア jap. ルタア treffen, entsprechen, und ベニケ Finger, also gleichsam der den Weg treffende Finger.

[3]) Von ギニタイ ein Becher, also der Becherfinger.

[4]) ニユシ jap. ムボシ verdorren.

[5]) ニシ wahrscheinlich statt ニシ ruhen, ケシノ die Mitte und ツナ in dem Sinne von befindlich zur Bildung von Beiwörtern verwendet. Also der ruhende mittlere Finger.

[6]) ニホ° klein, コシ von ungewisser Bedeutung, etwa eigen oder selbstständig.

[7]) ニホ° klein, ツナ dabei befindlich.

Vocabularium von La Peyrouse.	Mo-siwo-gusa.
Aïmaitsi, les jambes	カコ oder ムカチウヌ
Oatchika, le gras de la jambe	Fehlt.
Acouponé, les malléoles, ou chevilles des pieds.	Fehlt.
Otocoucaïon, les talons . .	Fehlt.
Tassou pompéam, l'index (du pied)	Fehlt.
Tassou ha pompéam, le medius (du pied).	Fehlt.
Tassouam, pour l'annulaire et l'anriculaire (du pied).	Fehlt.
Tchoïza, la mer	イツ°ア oder 丶ル
Hocatoùrou, pirogue	Fehlt.
Tacôme, toulet de pirogue . .	Fehlt.
Oukannessi, avirons, oup agaies	ノウヤシヲ und noch drei andere Synonyma.
Koch-koum, petit vase quarré, d'écorce de bouleau, et muni d'une queue. Il sert à boire, ainsi qu'à vider l'eau des pirogues.	Fehlt.
Turatte, très-longue et forte courroie de six à huit lignes de largeur.	Fehlt.
Ho, grande lance de fer damasquinée.	ニタユ jap. コホ *foko*.
Tassehaï, flèches fourchues à deux branches.	バニリカ jap. ヤテサカ *kasane-ya* ein doppelter Pfeil.
Etanto, flèches en bois, à bout de massue.	Fehlt.
Matsirainitsi, petit couteau à gaine.	Fehlt.

Vocabularium von La Peyrouse.	Mo-siwo-gusa.
Matsiré, nom qu'ils donnent à notre couteau à gaine.	Fehlt.
Hakame, gros anneau de fer, de plomb, de bois, ou de dent de vache marine.	Fehlt.
Tchikotampé, nos cravates ou mouchoirs.	Fehlt; scheint aber ein allgemeiner Ausdruck zu sein, nämlich コ チ *tchiko*, ein gewisser (un tel) und ベ ニ タ *tan-be*, diese Sache, das Ganze so viel als diese gewisse Sache.
Achka, chapeau ou bonnet .	ジ ニ コ von dem japanischen ジ コ *kosi*.
Tobéka, peau de veau marin, en forme de longue casaque.	Fehlt. Vielleicht von ベ ト Milch und) カ Seide.
Tétarapé, sorte de chemise d'étoffe grossière, et ornée d'un liséré de nankin bleu au bas, ainsi qu'au collet.	Fehlt; kann aber eine Zusammensetzung sein von タ テ ル weiss, so viel als schmucklos, und ベ Sache.
Otomouchi, petits boutons de veste, en cuivre jaune, à tête ronde.	Fehlt.
Ochss (?) bas, ou bottines de peau, cousues aux souliers.	Fehlt.
Mirauhau, petit sac de cuir, à quatre cornes en volutes: il leur tient lieu de poche, et est suspendu à la ceinture de cuir.	ベ ン ク テ ein lederner Beutel, japanisch erklärt durch ロ ク プ テ ノ ハ カ *kawa-no te-bukuro*.
Tcharompé, pendans d'oreilles.	リ カ ニ = ein Ohring.
Achkakaroupé, petit parasol, ou garde-vue, qui garantit du soleil les yeux des viellards.	Fehlt.

Vocabularium von La Peyrouse.	Mo-siwo-gusa.
Hiérachtchinam, grande et forte natte, sur laquelle ils s'asseyent et se couchent.	Fehlt.
Tamoui, un chien	タシ auch タヒ und クヘ
Nintou, seau à puiser . . .	丨ロハ° oder プ°ヲ
Chichepo, eau de la mer . . .	リラシ
Abtka (?) petite corde . . . Scheint ein Fehler statt *Alika*, in welchem Falle das Wort übereinstimmen würde. H steht bei dieser Schreibweise im Anfange öfters überflüssig, und könnte, wie es in der Aussprache der Franzosen zu geschehen pflegt, gerade dort wo es nothwendig ist, ausgelassen worden sein.	カリハ japanisch ハナ *nawa*, eine Schnur.
Sorompé, grande cuiller de bois	ラヘ° ein Esslöffel; jap. erklärt durch 丶ノモヒク ヒカ *kui-mono-no kai*.
Nissy, perche, ou gaule . . .	リプ° japanisch ホサ *sawo*, eine Stange.
Pouhau, cabane ou maison . .	ヒチ und noch zwei andere Synonyma.
Nioupouri, les cases, ou le village.	ニタコ ein Ort oder ein Dorf.
Oho, la plaine ou sont élevées ces cases.	ハヲリシ jap. チキア *akitsi*, ein Lagerplatz.
Naye, rivière qui coule dans cette même plaine.	ワベ ein Fluss 丨トヱ ein bewässertes Thal.

Vocabularium von La Peyrouse.	Mo-siwo-gusa,
Hourara, le firmament . . .	タキリ der Himmel. 、ロク ein anderer Ausdruck für Wolke.
Hourara haûne, les nuages .	シ = eine Wolke.
Tébaira, le vent	ライレ
Oroa, le froid	イメ jap. シムサ *samusi*, kalt.
Tébairouha, l'hiver, ou saison de la neige.	タマ der Winter.
Qs-sieheché, planche de sapin.	Fehlt.
Toche, écorce de bouleau brute, en grands morceaux.	ワア Birkenrinde, jap. ヒヲハカノウヤ *wo-fiò-no kawa*.
Otoroutchina, herbages en général, ou prairies.	= ム Pflanzen oder Gräser überhaupt, entsprechend dem jap. サク *kusa*.
Choulaki, mousse, plante . .	クフカフ =
Tsiboko, ache, ou céléri sauvage.	Fehlt.
Taroho, fleur du rosier, vulgairement appelée rose de chien.	ウマ
Muhatsi, sorte de tulipe . . .	プレゾ° jap. バウリュ *uba-yuri*, nebst einigen andern Namen ähnlicher Pflanzen.
Tsita, oiseau en général, ou chant d'oiseau.	リチ ein kleiner Vogel, jap. リトコ *ko-tori*, カチプツ ein grosser Vogel, jap. リト、ヲ *wowo-tori*.

Vocabularium von La Peyrouse.	Mo-siwo-gusa.
Qs-lari, plume d'oiseau ...	プゥラ jap. ハノリト *tori-no fa*.
Etouchka, choucas, sorte de corbeau.	ロクシバ jap. スラカ *karasu*, ein Rabe. Ein ähnlicher Vogel heisst プヱカルヒ der schönschnabelige, japanisch erklärt durch ゴノスラカバチクテシニクトシクツウシ *karasu-no gotoku-nisite kutsibasi utsukusi*, ein dem Raben ähnlicher Vogel mit schönem Schnabel.
Tsikaha, petite hirondelle commune.	プゥカチトプア oder くイトカツワ die Regenschwalbe jap. ツメアメバ *ame-tsubame*.
Omoch, mouche commune, à deux ailes, ou diptère.	ヌニタプイ
Mócomaie, grand came d'espèce commune, coquille bivalve.	プゥルュシ jap. サアリ *asari*, eine Muschel. Ausserdem noch eine bedeutende Anzahl von Arten und Namen.
Otassi, grondin, espèce de poisson.	Der entsprechende japanische Name unbekannt.
Emoé, poisson en général, ou le nom particulier d'une espèce de barbeau.	ベイ mit der Bedeutung Fisch vielen Namen von Fischen angehängt. Lässt sich mit dem letzten Worte des Dialectes von Sagalien vergleichen. Die Vocale *e* und *i* wer-

Vocabularium von La Peyrouse.	*Mo-siwo-gusa.*
	den häufig verwechselt, z. B. ｜ プ ヱ und ｜ ヲイ Nase.
Chauboun, espèce de carpe, ou poisson du genre de la carpe.	Fehlt, jedoch bedeutet ユ シ ヱ ブ einen kleinen Fluss- und Teichfisch, jap. ヒ グ ウ *ugui*.
Pauni, arête ou colonne épinière des poissons, qu'on fait griller et qu'on réserve par tas.	Fehlt.
Chidarapé, laitances, oeufs, et vessie aérienne des poissons, qu'ils réservent également.	ロボチ oder マホ der Fischrogen, ブ ウ die Milch der Fische. ペ ル タ チ bedeutet ein Dach von Matten, jap. erklärt durch モ キ シ キ ブ ヽ ノ *siki-mono-no fuki*, und es wäre nicht unmöglich, dass die beiden Gegenstände mit einander verwechselt wurden.
Hya, non	ニヤチコ jap. ヤイ *iya*.
Houaka, non, cela ne se peut pas: je ne puis ou je ne veux pas.	ケテイ
Ta-sa, qui? quoi? qu'est-ce? pronom interrogatif.	ユネ jap. シレタ *tare-so*.
Couhaha, venez ici	ヲイイ jap. イコ *koi*.
Cbuha, boire	クイヽ
Mouara, coucher, ou ronfler .	ロコモ schlafen.

Herr Professor Suttner liest als Gast einen Aufsatz:
„Einige Worte über physiologische Psychologie."

Nach einer kurzen Besprechung des Bedürfnisses der Metaphysik und Psychologie stellte er die Aufgabe der Psychologie fest und zeigte wie

a) einerseits durch die verschiedenen Versuche, die Seelenzustände zu erklären allmählig verschiedene psychologische Systeme entstanden, die im innigsten Zusammenhange mit metaphysischen Ansichten stehen, mittels deren sie auch allein verstanden werden können (so die Lehre Descartes', Locke's, Leibnitz's, Wolf's Kant's) und wie eben nach den beiden letztgenannten skeptische und materialistische Meinungen die Psychologie überfluthen konnten;

b) wie andererseits eine sorgfältige Erwägung des Zusammenhanges der Seele mit dem Leibe und der Wechselwirkung der psychischen und physischen Thätigkeiten im menschlichen Organismus es dahin brachte, dass man einsah, der Psycholog müsse sich zum Gedeihen seiner Wissenschaft mit dem Physiologen in Verbindung setzen.

c) So leicht es auch scheinen mag, diese Verbindung zu Stande zu bringen, da Psychologie und Physiologie beide in einem gewissen Sinne Naturwissenschaften sind, so könne sich doch gründliche Psychologie nicht mit jeder Physiologie verbinden, namentlich nicht mit einer Physiologie, welche die complicirten Lebensthätigkeiten durch die Annahme einer Lebenskraft erklären will, und eben so wenig mit einer die Entdeckungen der heutigen Physik verachtenden, auf einer das Universum a priori construirenden Naturphilosophie ruhenden Physiologie.

d) Wenn es nun auch Bedürfniss ist, dass Psychologie sich mit wahren Ergebnissen einer gültigen Physiologie bereichere, so dürfe dennoch eine hierdurch entstehende physiologische Psychologie nie die physiologischen Untersuchungen mit den psychologischen vermengen; diess sei ein Verstoss gegen Logik und Metaphysik; die Folgen einer verkehrten Ansicht über das Verhältniss der Physiologie und Psychologie weise die Geschichte der Philosophie nach. Endlich zeigte Professor Suttner *e)* die Consequenzen einer jeden physiologischen Psychologie in der nicht die Einsicht herrscht von dem, was Materie eigentlich ist, und wie sie sich verändert, und widerlegte die wichtigsten sich hiebei nothwendig zeigenden Irrthümer und Unzulänglichkeiten, welchen nur eine tüchtige Metaphysik vorbeugen kann. Dabei wurde auf das jüngst erschienene Werk Domrich's als ein solches, das alle Aufmerksamkeit der Psychologen und Physiologen verdiene, besonders hingewiesen.

Sitzungsberichte
der
philosophisch-historischen Classe.

Sitzung vom 6. März 1850.

Der Secretär legt vor einen vom Herrn Alfred von Kremer aus Damaskus eingesandten Aufsatz: „Beiträge zur Geographie des nördlichen Syriens," der zum Abdruck in den „Denkschriften" bestimmt wurde, und den zweiten Bericht des Herrn Professors Carrara aus Spalato über die Ausgrabungen bei Salona.

Herr Regierungsrath Arneth beschliesst die Lesung seines Berichtes über die vom Herrn Dr. Kandler eingesandten Werke.

II. Triest. Ueber Triest hat Herr Kandler nach seiner Weise ein Büchelchen anspruchlosen Titels herausgegeben, das aber doch als Resultat fleissigen Forschens anzusehen ist; obschon er es der Akademie einzuschicken unterlassen, so will ich es doch anführen.

1. Guida al Forestiero nella città di Trieste. Trieste 1844.

Eine sehr gut geschriebene Einleitung über die Geschichte der Stadt eröffnet das Buch. Erst Kelten, Thrakier, dann Römer, Gothen, Exarchen von Ravenna, Carl der Grosse 773. Im Jahre 1150 hatte Triest zum Podestà den Grafen Heinrich von Görz und sammelte seine Statuten, welche bis zum Jahre 1809 Gesetzeskraft hatten. Heinrich Dandolo zwang Triest 1202 dem heil. Marcus sich zu ergeben, von welchem Joche Triest immer sich zu befreien trachtete, was ihm nur durch sein Anschliessen an Oesterreich

1382 gelang, von welcher Zeit fast jedes Jahr eine neue Probe des fortgeschrittenen Wohlstandes zeigt.

„L'anno 1809 segnava il massimo stadio della prosperità ed attività di Trieste, il di cui nome notissimo si era nel vecchio e nel nuovo mondo; ma questo medesimo anno segnare doveva epoca infaustissima. Ceduta alla Francia ed incorporata alle provincie illiriche, ebbe taglia di 50 millioni, e col frutto di presso chè cento anni di operosità e di travagli, vidde tolte le leggi tutte che regolavano il suo commercio ed alle quali dovette la sua esistenza; la condizione sua equiparata a quella delle altre città. E tosto Trieste all' antico stato ritornava; scemato il numero degli abitanti, che altri cieli cercavano, deserte le vie, ozioso il porto.

In sulla fine del 1813 ritornava Trieste al antico signore, senza il rossore di avere ad altri giurata fede, perchè lo stesso nemico ebbe in grandissimo prezio la fedeltà dei Triestini all' augusta casa d'Austria, facendone encomio siccome argomento di ubbidienza, dispensò da un giuramento che o non si sarebbe prestato od a forza col labro soltanto. Della quale fede tenuta anche nelle sventure e sotto straniero dominio, Francesco I. impartiva alla città il titolo solenne di fedelissima, e le restituiva le antiche franchigie, all'ombra delle quali crebbe a quel punto in che è giunta fra le oscilazioni inseparabili delle mercantile imprese, sempre corragiosa, sempre fedele e devota all' Augusta Casa alla quale la sua esistenza e dovuta."

Hierauf gibt Kandler ein Verzeichniss der Capitäne, Präsidenten, Gouverneurs und Bischöfe von Triest; dann beschreibt er den Dom, die Adlersäule, das Castell, das Museum der Alterthümer, das Winckelmann-Monument, den Bischofsitz, die Gewerbschule, die Kirche des h. Ciprian, den Convent der Benedictinerinnen, St°. Maria Maggiore, die Schweizer Kirche, den Bogen Riccardo, die englische Kirche, den grossen Platz mit den Monumenten für Kaiser Leopold und Carl VI., das Cabinet der Minerva, Mariahilf, die Akademie, nautische Schule, Bibliothek, das Gymnasium, das alte Lazareth, die Seebäder, das Tergesteum, den österreichischen Lloyd, den Regierungspalast, das Theater, die Börse, die Leopoldssäule, die Kinderbewahr-Anstalt, den protestantischen und den jüdischen Tempel, S. Nicolo der Griechen, S. Spiridion der Illyrier, S. Antonio, die Mauth, die

Schiffswerfte Panfili, das Armenhaus, das neue Lazareth, die grosse Kaserne, den botanischen Garten, das Theater Mauroner, die Fabriken Chiozza, das grosse Spital, den Exercierplatz, die Dampfmühlen, die Ackerbau-Schule, den Hafen und grossen Kanal, Spaziergänge, Schiffswerfte S. Marco, Villen, Gottesäcker, das Gestüte, Lipizza, Grotten in der Nähe, Kunstsammlungen.

2) Statuti Municipali del Comune di Trieste che portano in fronte l'anno 1150. Triest 1849.

Dieser im Jahre 1318 geschriebene Codex ist in Triest aufbewahrt. Die gelehrte Einleitung des Herrn Kandler setzt uns auf den Standpunct, dieses wissenschaftliche Werk zu beurtheilen. Zwei Indices — einer: Statutorum per libros et rubricas dispositus, der andere, rerum et verborum memorabilium, quae in Statutis occurrunt — machen diess ausserordentlich merkwürdige Buch sehr brauchbar (obschon nicht an die Akademie, sondern an mich eingeschickt).

3) An die Fasten in der Zeitschrift L'Istria schliesst sich ein kleines, sehr brauchbares Büchlein:

Fasti sacri e profani di Trieste e dell' Istria.

Den Anfang machen: Fasti Christiani di Trieste e dell'Istria v. J. 50 — 1847.

50. Der heil. Evangelist Marcus predigt in Aquileia. Das Evangelium wird in Istrien gepredigt, in Triest vom h. Hyacinth, in Capo d'Istria vom h. Aelius, in Pedena und Pola vom h. Hermagoras.

348. Die erste christliche Kirche in Aquileia gebaut.

524. Gründung der Episcopate in Triest, Capo d'Istria, Cittanuova, Umago, Parenzo, Cissa, Pola.

Metropoliten von Istrien:

Bischöfe von Aquileia v. 63 — 347.

Erzbischöfe von Aquileia v. 369 — 529.

Patriarchen von Aquileia v. 557 — 569.

Patriarchen von Grado v. 571 — 1012.

Patriarchen von Aquileia und Metropoliten von Istrien von 1028 — 1734.

Zugleich Metropoliten von Triest und Erzbischöfe von Görz v. 1752 — 1784.

Erzbischöfe von Laibach v. 1791 bis jetzt.

Reihe der Bischöfe von Triest v. 524 bis jetzt.

Capo d'Istria von 524—1830, seit dieser Zeit mit Triest vereinigt.

Bischöfe v. Pedena v. 524—1788, seit 1791 mit Triest. Fasti profani.

V. Chr. Kelten bewohnen die Gegend um Triest.

621. Die Thrakier vom Ausflusse der Donau ins schwarze Meer verlassen, von den Persern gedrängt, ihre Wohnsitze, und besetzen das Land, dem sie den Namen Istrien geben, gründen Triest, Egida, Aemona, Parenzo, Pola, Nesactium.

180. Gründen die Römer Aquilea gegen die Istrier, Japyden und Carner.

178. 179. Der römisch-istrische Krieg. Istrien ergibt sich den Römern.

44. Im Kriege zwischen Caesar und Pompejus war Istrien auf Seite des letzteren.

42. Pola römische Colonie.

32. Augustus stellt die Mauern von Tergeste und Pola her und macht Wasserleitungen.

Nach J. Chr. 10. Tergeste errichtet dem Augustus eine Statue.

99. Das Monument der Sergier in Pola.

120. Rasparosanus, König der Roxolaner, zieht sich nach Pola ins Privatleben zurück.

326. Crispus zu Pola getödtet.

493. Theodorich Herr von Istrien.

539. Belisar erobert Istrien.

789. Carl der Grosse wird Herr von Istrien.

1077. Die Grafen Eppenstein Markgrafen von Istrien.

Und so ist sehr kurz und angenehm die Uebersicht der Geschichte Istrien's und Triest's bis 1813 gegeben, der sich eine Reihe der Markgrafen von Istrien von 799—1204, der Markgrafen von Istrien und Patriarchen von Aquileia von 1200—1408, der Grafen von Istrien von 828—1342, der Beherrscher von Istrien aus dem österreichischen Kaiserhause von 1382 bis heute anschliesst.

4) Documenti per servire alla conoscenza delle condizioni legali del municipio ed emporio di Trieste. Trieste 1848.

Dieses fleissig und einsichtsvoll zusammengestellte Werk ist in 2 Theile getheilt; der 1. beginnt mit einer Urkunde von König Lothar II. (gegeben Pavia 8. August 948), welche den Bischöfen von Triest die Herrschaft über die Stadt einräumt und erstreckt sich bis 1713; der 2. Theil beginnt mit 1717 und geht bis 1848.

III. Relazione storica della Basilica di St*. Maria e S. Giusto in Trieste. Trieste 1843.

Diese Basilica gehört in vielfacher Beziehung zu den merkwürdigsten Kirchen. Auf der Höhe von Triest stand einst das Capitol und ein Tempel dem Jupiter, der Minerva und Juno gewidmet. Er war vermuthlich wie jener in Rom, den die Tarquinier erbauten, den Vespasian, nachdem er in den Vitellischen Unruhen abbrannte, im J. 71 n. Chr. wieder herstellte, auf welchen die Worte Horaz [1]) so schön passen:

„Unde nil maius generatur ipso (Jove),
„Nec viget quidquam simile aut secundum;
„Proximos illi tamen occupavit
    „Pallas honores."

Römische Münzen vom J. 71, 76, 82 zeigen seine Gestalt, wie die mitgetheilte Münzabbildung (Taf. IV). Vorseite: IMP. CAES. VESPASIAN. AUG. P. M. T. R. P. P. P. COS. VII. Belorberter Kopf des Vespasian; Rückseite: Auf sechs Säulen steht das Atrium, durch die geöffneten Thore erblickt man den sitzenden Jupiter, ihm rechts steht Pallas, links Juno. Aussen neben den Säulen stehen die noch nie beschriebenen Statuen der Dioscuren, wie ich glaube, im Giebel sitzt abermals Jupiter zwischen Mars? und Venus? von mehreren Gestalten umgeben. Im Abschnitt: S. C. (Senatus Consulto.) — Auf der Stelle des Capitolinischen Tempels erhob sich aus seinem Gesteine nach vielen Christenverfolgungen, ein neuer Dom der Mutter Gottes zu Ehren, also eine klare Darstellung der sinnreichen Idee, die von deutschen Malern der früheren Jahrhunderte, besonders von Van Eyck so oft ausgeführt wurde, Christum in den Ruinen eines verfallenen Tempels geboren werden zu lassen. Im J. 380 befahl Theodosius die Tempel der Heiden in christliche Kirchen zu verwandeln und diess geschah in Triest vermuthlich

---

[1]) Carm. I. 12.

um das Jahr 400. Der erste im J. 524 eingesetzte Bischof von Triest erbaute nahe an der Basilica der Mutter Gottes eine andere den Martyrern Justus und Servolus zu Ehren, welche mit einander in Verbindung standen; im Beginne des 15. Jahrhunderts wurden beide Kirchen vereint und so entstand der heutige Dom von 5 Schiffen. Im Campanile sieht man noch die Säulen des Atriums zum Capitolinischen Tempel. Die Aussenwände sind mit ausgezeichneten römischen Monumenten geziert. „In questa chiesa furono accolti e benedetti dal populo tutto e dal prelato il Duca Ernesto d'Austria nel 1413; il Duca Federico d'Austria nel 1436 che fu accompagnato in Terra santa dal Vescovo di Trieste Marino; l'Imperatore Leopoldo I. nel 1660; l'Imperatore Carlo VI. nel 1728; l'Imperatore Giuseppe II. nel 1788; l'Imperatore Francesco I. più volte."

Herr Kandler schliesst die kleine Monographie: „Imperciocchè su questo colle dove gli orgogliosi romani alzarono templi d'iniquità e trofei di vittorie, su questo colle, per concessione di pio imperatore del gran Costantino, fu piantato l'arbore glorioso e trionfale sulle rovine di culto bugiardo, sugli avanzi di mondani segni di valore gueresco, e quindici secoli più tardi quel santo vessillo sta ancora fermo ed inconcusso segnale di salute. La santa chiesa tergestina fondata per volontà di un discepolo, sempre pura, sempre illibata mantenne la fede che ebbe dal santo evangelista S. Marco, inviato dal principe degli Apostoli, nè il precetto o il consiglio, nè le aberrazioni del secolo, la macchiarono mai, sempre pura, sempre illibata, mantenne la fede per corso di 18 secoli, e per la serie continuata dei suoi vescovi e dei suoi pastori rannodandosi al principe degli Apostoli, sorge anche questa chiesa a testimonio delle cristiane dottrine."

An diese Arbeiten schliesst sich ein schön ausgestattetes Werk:

V. Pel fausto ingresso di Monsignor Vescovo D. Bartolomeo Legat nella sua chiesa di Trieste, il di XVIII. Aprile MDCCCXLVII. Trieste 1847.

Es ist eine schöne nachahmenswerthe Gewohnheit der Italiener, Feierlichkeiten, wenn auch nicht so ernster Art wie gegenwärtige, durch Druckwerke zu verewigen. Die Idee zum vorliegenden Werke war, die Ereignisse der drei Bischofsitze, aus denen jener von Triest besteht, geschichtlich darzustellen. Wenn das Werk etwas eilig zusammengefügt werden musste, um die Gelegenheit des Einzuges des neuen Kirchen-Oberhauptes nicht zu versäumen, so dürfte doch der Inhalt desselben beweisen, wie glücklich er ausgedacht und vollzogen wurde. Der Stadtrath von Triest liess das Werk drucken, um zum ewigen Andenken an diesen feierlichen Act zu dienen. Dasselbe enthält:

1. Schicksale der Kirche von Triest mit einem Grundrisse der Kirche der h. Maria und der Kapelle der h. h. Justus und Servolus. — Ein Verzeichniss der Bischöfe mit biographischen Notizen und Inschriften z. B. auf Aeneas Silvius Piccolomini, der v. J. 1447 — 1450 Bischof in Triest war, die anderen sind Grabschriften.

2. Schicksale der Kirche von Aemona (Citta nuova). Die Untersuchung, dass es zwei Aemona gab, ist sehr geschickt geführt; eines und das bekanntere ist das heutige Laibach, für das zweite spricht sich Herr Kandler als für das heutige Citta nuova, wie ich glaube, mit Recht aus. Ein Grundriss des Domes zu Citta nuova sammt dem des Baptisterium's ist beigegeben, worauf ein Verzeichniss der Bischöfe folgt.

3. Schicksale der Kirche zu Pedena. Eine lehrreiche Untersuchung, so wie die Reihe der Bischöfe.

Hierauf folgt ein Grundriss der Pfarrkirche S. Antonio zu Triest, ferner eine Abhandlung über die weltliche Herrschaft der Bischöfe von Triest im Mittelalter. Ein Grundriss der Kirche S. Maria maggiore und Zeichnungen von 20 Münzen, von denen die ersten von Gebhard im J. 1203 und die letzten von Rudolf im J. 1302 geschlagen wurden.

Die Atti dei Santi Martiri Tergestini.

Ein Codex aus dem 14. Jahrhunderte enthält Liturgien und Hymnen auf die Heiligen der Triestiner Kirche, deren fortgesetzte Tradition bis ins 3. Jahrhundert zurückgeht.

Litanei der Kirche von Triest.

Facsimile eines Briefes des Papstes Pius II. vom J. 1453 in der Stadtbibliothek.

Eine Sammlung katholischer Dichtungen.

VI. Vita di Girolamo Muzio Giustinopolitano, scritta da Paolo Giaxich. Trieste 1847. Zur Feier des gleichen Ereignisses der

Besitznahme des bischöflichen Stuhles von Capo d'Istria (der mit jenem von Triest vereint) und des Einzugs zu Capo d'Istria ist eine Biographie eines, obwohl in Padua gebornen, jedoch durch seine späteren Schicksale zum Capo d'Istrianer gewordenen Gelehrten veröffentlicht worden, welche ein Venetianer, Paul Giaxich, verfasst hatte. Diese Biographie hat Dr. Kandler gleichfalls eingeschickt. Dieser Gelehrte ist Hieronymus Muzius, der 1496 zu Padua geboren wurde und mit seinem Vater 1504 nach Capo d'Istria übersiedelte. Im J. 1514 verlor er seinen Vater, der nichts, als eine zahlreiche Familie hinterliess. Diese brachte im jungen Manne die Entscheidung hervor der Liebe zu seiner Familie seine Freiheit, sein Talent und seine Feder irgend einem grossen Herrn zu widmen, und bewog ihn in die Dienste des Cardinals Grimani zu Venedig zu treten, dann in die des Bischofs Bonomo, mit welchem er nach Wien und Wels reisete, wo er den Kaiser Maximilian I. sterben sah. Muzius ging nach Venedig, um sich ganz den Studien zu widmen, wollte sich 1524 im Dienste Tizzoni's zu Carl V. nach Spanien begeben, woran er durch den Krieg zwischen Carl V. und Franz I. gehindert wurde, blieb bei den Tizzonis auch nach der Sclacht von Pavia, 24. Febr. 1525, wodurch Italien von den Franzosen befreit wurde, bis 1528, in welchem Jahre er Tizzoni verliess und in den Dienst Claudio's Rangone's trat, mit dem er, da dieser den Franzosen diente, im J. 1530 nach Paris ging und 1531 nach Modena zurückkehrte, trat hernach in die Dienste Galleotto Pico's Grafen von Mirandola, bei welchem Murzius in grosser Ruhe bloss den Wissenschaften lebte, da machte er die Bekanntschaft Luigi Gonzaga's gleich in Waffen, wie in Dichtungen berühmt, doch blieb Muzius bis 1535, und trat dann in die Dienste Hercules, III., Herzogs von Ferrara, hier blieb er ganz den Wissenschaften gewidmet, bis der kriegerische D'Avalos, Markgraf von Pescara und Vasto im J. 1540 ihn zu sich nach Mailand rief, von dessen Sieg an der Sonna Muzius glaubte, dass er hinreiche, a trar l'Italia da franceschi oltraggi ed a fiaccar lo scettro di Parigi.[1]) Nachdem die kaiserliche Herrschaft in Italien befestiget war, ging Pescara zu seinem Herrn nach Worms und nahm Muzius mit. In Speier auf der Jagd unterhielt sich Kaiser

---

[1]) Muzio. Rime.

Carl während eines langen Rittes mit Muzius. Während der Reise nach Worms und seinem Aufenthalte daselbst lernte Muzius den Lutheranismus kennen, den er sogleich mit aller Kraft bekämpfte, so dass er sich in Italien sogleich den Namen: Malleus Haereticorum verdiente. Der am letzten März 1546 erfolgte Tod Pescara's betrübte ihn tief; er belobte diesen Feldherrn nach allen Kräften und beschwor, dessen Witwe, die von allen Gelehrten und Künstlern hochgefeierte Maria von Aragon ihm von Leo Aretinus ein Monument errichten zu lassen.

Der Nachfolger Pescara's, Ferrante Gonzaga, nahm Muzius sogleich in seine Dienste, erhielt im Jahre 1549 den Auftrag sich nach Brüssel zu begeben, wohin Don Philipp kam. Von Brüssel zurückgekehrt, wurde Muzius nach Mailand, dann nach Rom geschickt, um dort während des Conclaves der Wahl des Papstes Julius III. anwesend zu sein. Aus dem Dienste Ferrante Gonzaga's trat Muzius in die des Herzogs von Urbino Guidobald II., 1552. Bei diesem lebte er nur den Wissenschaften. Muzius hatte auch den Gedanken, das „befreite Jerusalem" zu besingen; es wäre wahrscheinlich ein Verlust für die Menschheit, wenn er diesen Gedanken ausgeführt hätte, weil Tasso so viele Achtung für Muzius bekannte, dass er seine unsterblichen Gesänge vermuthlich nicht begonnen haben würde. Von den 10 Gesängen, mit welchen Muzius Capo d'Istria verewigen wollte, sind 8 verloren gegangen; zwei und ein Bruchstück des dritten sind in diesem Buche gedruckt. Papst Pius V. suchte Muzius für sich zu gewinnen und berief ihn 1557 zur Reform des Ritterordens des h. Lazarus. Ganz sich den Geschäften des Papstes und der katholischen Kirche widmend, schrieb Muzius viele Werke, liess sie unter seiner Aufsicht im Jahre 1570, 1571 zu Venedig drucken, und, nach Rom zurückkehrend, hatte er das Unglück seinen Beschützer zu verlieren, da Pius V. 1572 starb und sein Nachfolger dem Muzius die Bestallung einzog. Muzius wünschte in die Dienste des Herzogs von Savoyen, Emanuel Philibert zu treten, der zum Grossmeister des Lazarus-Ordens ernannt wurde. Von Caponi eingeladen begab sich Muzius auf dessen Landgut Panaretta, wo er 1576 starb; seine auf sich selbst gemachte Grabschrift ist in dessen Nähe auf seinem Grabe:

HIERONYMI MVTII IVSTINOPOLITANI
QVAE FVIT MORTALIS
HIC IMMORTALITATIS EXPECTAT DIEM

Ich habe mich bei dem Leben des Muzius aus mehreren Rücksichten etwas länger aufgehalten:

1. Weil Muzius unter den grossen Männern des 16. Jahrhunderts sich in Italien einen ausgezeichneten Platz zu erwerben wusste.

2. Weil er auf dem Boden geboren wurde, der jetzt zum Kaiserthume Oesterreich gehört, also unter die berühmten Männer des Gesammt-Vaterlandes zu zählen ist, der, obschon er ganz Italien kannte, doch sich eine Stadt in Istrien zu seiner Vaterstadt erkor, ungeachtet er nicht da geboren war, was abermals einen Beleg zur günstigen Beurtheilung Istriens abgibt.

Einen Augenblick möchte ich noch verweilen, Ihnen die grossen Männer Italiens im 14., 15. und 16. Jahrhunderte vorzuführen; sie alle zu nennen fehlt hier Zeit und Raum.

Sie wissen, dass sich auf den Schultern der grossen Männer des 13. und 14. Jahrhunderts Mitteleuropas einzelne ausserordentliche Erscheinungen im 15., 16. Jahrhunderte erhoben, welche, wenn sie schon nicht mehr, ich möchte sagen, die autochtonische Kraft ihrer Vorgänger beseelte, doch zu den trefflichsten Männern gehörten, die das Grosse ihrer Vorgänger durch eine fast unbegreifliche Vielseitigkeit ersetzten. So manche derselben in Italien waren Maler, Bildhauer, Musiker zugleich, führten mit eben der Geschicklichkeit den Degen, wie die Feder, den Meissel und den Griffel. Muzius hatte mit Cellini — geboren 1500, gestorben 1570 — dessen genauer Zeitgenosse er war, manche Aehnlichkeit. Muzius war Dichter, Diplomat, Theolog, Soldat, und zeigte in allen diesen vier Fächern eine nicht gewöhnliche Geschicklichkeit.

Ich würde besorgen, diese Besprechung weit über die einer solchen nothwendigen Gränzen hinauszuführen, wollte ich unternehmen, das Zeitalter, in dem Muzius lebte, und dessen Kind er war, umfassender vor Ihre Augen zu führen.

VII. Discorso in onore del Dr. Domenico de Rossetti ecc. dal Dr. Kandler. Trieste 1844.

Rossetti wurde aus einer sehr wohlhabenden, ehemals venetianischen Familie zu Triest, 19. März 1774, geboren. Seine Studien fing Rossetti in Toskana an, setzte sie in Steiermark fort, und hörte die Rechte in Wien, wo er 1800 den Doctor-Grad erhielt. In Triest erhielt Rossetti bald einen Ehrenplatz nach dem andern, immer seinem angebornen Herrn, selbst in den unglücklichsten Tagen seiner Vaterstadt treu; als aber die Geschicke Triests keine Befreiung vom französischen Joche zu versprechen schienen, verliess Rossetti jedes öffentliche Leben, und widmete sich ganz den Wissenschaften und Künsten; zuvörderst richtete er alle seine Aufmerksamkeit auf Petrarca, in dem er einen der eifrigsten Beförderer italienischer Bildung sowohl als des Geschichtstudiums überhaupt verehrte. Rossetti sammelte daher alles, was diesen ausserordentlichen Mann näher anging, Handschriftliches wie Gedrucktes, Gemälde wie Bildhauerarbeiten, Medaillen wie Abgüsse. — Desgleichen sammelte Rossetti alles, was auf den Papst Aeneas Silvius Piccolomini Bezug hatte.

Seit seinen Jugendjahren nährte Rossetti immer den Gedanken, die Manen des ausserordentlichen Kenners des Alterthums, des Schöpfers der Archäologie, Winckelmann's zu sühnen, der in Triest das Unglück hatte, am 3. Juni 1768 ermordet zu werden. Rossetti setzte ihm ein Monument nahe dem ehemaligen Capitol und vereinigte ringsherum in einem Museum die Alterthümer von Triest. Das Museum wurde am 3. Juni 1843 feierlich eröffnet [1]), es verdient also Triest den Ruhm zuerst das Andenken Winckelmann's gefeiert zu haben, welches seither in mehreren Städten nachgeahmt wird. Im Jahre 1813 als Triest wieder freudig unter Oesterreichs Scepter zurückkehrte, übernahm auch Rossetti wieder die öffentlichen Geschäfte, die ihm seine Vaterstadt übertrug. Jedoch mitten unter diesen fand er immer noch Zeit, den Wissenschaften und Künsten zu dienen; er gab den Archeografo Triestino in Bänden, ein Werk über das Winckelmann-Monument heraus, wurde in Gesetz-Angelegenheiten häufig vom Kaiser nach Wien berufen, wo er alle Zeit mit Abfassung und

---

[1]) Apertura del Museo di Antichità in Trieste.

Entwürfen von Gesetzen, mit Kunst und Wissenschaft zubrachte. Bevor Rossetti den 26. November 1842 starb, verfasste er sein Testament:

„Legava alla civica biblioteca la collezione delle cose del Petrarca e del Piccolomini, e stampati, e codici e monumenti di ogni genere, con cio che raccolte venissero progredite; legava alla civica biblioteca l'intera sua libraria — istituiva del proprio peculio ogni biennio seicento fiorini a premiare il megliore opuscolo di storia o statistica triestina, il miglior opuscolo per l'istruzione del basso popolo, per premiare il villico, che avra il primato nella piantagione di un bosco, il servo che sara più fedele e probo u. s. f."

Herr kaiserlicher Rath B e r g m a n n liest einen vom Herrn W i l h e l m S e d l a c z e k, Propst des regul. lateranens. Chorherrenstiftes zu Klosterneuburg, ihm für die Akademie mitgetheilten Aufsatz des dortigen Chorherrn, Herrn Dr. H a r t m a n n J o s e p h Z e i ß i g:

„D i e B i b l i o t h e k d e s S t i f t e s K l o s t e r n e u b u r g. E i n B e i t r a g z u r ö s t e r r e i c h i s c h e n L i t e r ä r g e s c h i c h t e."

Der Herr Verfasser erzählt in kurzem Umrisse mit einfachen Worten, was vom heil. Leopold, dem frommen Stifter dieses Gotteshauses an, bis auf den gelehrten Propst J a c o b II. Ruttenstock († 1844) in einem Zeitraume von mehr als sieben Jahrhunderten sowohl die Vorstände als auch einzelne Mitglieder zu der dermaligen Bibliothek von 40.000 Bänden, nebst 1254 Handschriften und 1460 ersten Drucken beigetragen, verzeichnet und im Laufe sturmbewegter Jahrhunderte aus Brand und Krieg (1683) für die Nachwelt gerettet haben. Einen Ruhepunct in früherer Zeit macht das Jahr 1330, in welchem unter dem Bibliothekar, Magister M a r t i n, der Büchersohatz 366 Handschriften zählte, an deren Spitze die theologischen, die Kirchenväter stehen, jedoch war auch den Classikern ihre Stelle angewiesen. Im Jahre 1414 wurden sogar Einkünfte zur Gründung eines Bibliotheks-Fondes von Seite des Stiftes angewiesen. — Zum Belege seiner Angaben schliesst der Herr Verfasser noch an: drei Handschriftenverzeichnisse, ein Verzeichniss der Abschreiber von 1386 bis 1496 in zwei Reihenfolgen; dann ein Bücherverzeichniss vom Magister Martin vom Jahre 1330, ferner ein Verzeichniss der dortigen Paläotypen vom Jahre 1462 angefangen mit Hinweisung auf Hain und Andere. —

Von ganz besonderem Belange ist die letzte Beilage, welche „die Werke der ersten Lehrer an der Wiener Hochschule in den Handschriften der Stiftsbibliothek" enthält. — Unter den eilf Namen glänzen, wenn auch nur in gleichzeitigen Abschriften, die berühmten eines Heinrich von Langenstein aus Hessen († 1397) mit dessen namentlich aufgeführten Tractaten, Sermonen etc. in 27 Nummern; Heinrich von Oyta († 1397) mit 10 Nummern; Nicolaus von Dinkelsbühl († 1433) mit 36 Nummern; Johann von Gmunden († um 1442) mit einem Calendarium und zwei astronomischen Stücken; Thomas Ebendorfer von Haselbach († 1464) mit 27 Nummern.

Wir wünschen im Interesse der vaterländischen und Literaturgeschichte, dass auch andere Stifter und Klöster unseres grossen Oesterreichs dem lobenswerthen Vorgange des Chorherrenstiftes Klosterneuburg, in Herrn Dr. Zeibig, folgen, und ihre Handschriften- und Bücherschätze auf ähnliche Weise veröffentlichen und zum leicht benutzbaren Gemeingute machen möchten. —

Der Aufsatz wird zum Abdruck im „Archiv" der historischen Commission bestimmt.

Herr Regierungsrath Chmel legt das nun fertig gewordene Werk des Herrn von Meiller vor: „Die Markgrafen und Herzoge Oesterreichs aus dem Hause Babenberg. Dargestellt in chronologisch gereihten Auszügen aus Urkunden und Saalbüchern." Er macht zugleich darauf aufmerksam, dass dieses Werk nicht nur allen Erwartungen entsprochen habe, sondern dass der Verfasser auch durch viele Mühe und Zeit erfordernde Zugaben, bestehend in gelehrten Anmerkungen und umfassenden Indices, dessen Brauchbarkeit für den Geschichtsforscher noch ungemein erhöht habe, so dass das nach der ursprünglichen Anlage und dem darauf gegründeten Voranschlage nur zu höchstens 25 Druckbogen angenommene Werk nun volle 47 fülle. Um daher dem Herrn Verfasser einen Beweis von der Zufriedenheit der Akademie und ihrer Würdigung seiner ausgezeichneten Leistung zu geben, ja um ihn nur für den ausserordentlichen Aufwand an Zeit und Mühe nach einem billigen, zu dem Voranschlage und dem jetzigen Umfange des Werkes im Verhältniss stehenden Maasstabe zu entschädigen, glaube er, dass die Classe ihm zu dem ursprünglich bestimmten Honorar von 300 fl. einen Zuschuss von wenigstens 400 fl. C. M. bei der Gesammt-Akademie erwirken solle.

Die Classe erklärt, nach Prüfung des Werkes, sich einstimmig für diesen Vorschlag des Herrn Chmel, und beschliesst demgemäss den Antrag an die Gesammt-Akademie zu stellen.

Sitzung vom 13. März 1850.

Unter den von dem Secretär vorgelegten Eingaben ist besonders erwähnenswerth ein von Herrn Saint-Genois in Gent der Akademie zum Geschenke übersandtes Exemplar des in den Plublicationen der *Maetschappy der vlaemsche Bibliophilen* von ihm herausgegebenen: *„Journal ofte Dagregister van onze reysenaer de Keyserlyke Stadt van Weenen, ten Jare 1716"* — welches „Tagebuch" der im Jahre 1716 nach Wien gesandten Deputation der Stände von Flandern, um sich der Ausführung des Barrière-Tractates zu widersetzen, viele interessante Details über die damaligen Zustände Wiens enthält.

In Würdigung dieses Umstandes und in Rücksicht auf die minder allgemeine Zugänglichkeit dieses Werkes, das nur in einer beschränkten Anzahl von Exemplaren gedruckt und in einer wenig verbreiteten Sprache abgefasst ist, beschliesst die Classe, es in ihren Sitzungsberichten ausführlicher besprechen zu lassen, und ersucht Herrn von Karajan sich diesem Geschäfte zu unterziehen, wozu er sich bereit erklärt.

Herr Regierungsrath Chmel machte auf einige neue literarische Erscheinungen im Gebiete der „deutschen Kirchengeschichte" aufmerksam, deren erste unter dem Titel: „Kurze Kirchengeschichte von Kärnthen (Klagenfurt 1850) von **Franz Lorenz Hohenauer**, Propst, Dechant und Stadtpfarrer zu Friesach in Kärnthen" eine dankenswerthe „Skizze" von kirchlichen Verhältnissen liefert, die jedenfalls der umfassendsten und gründlichsten Bearbeitung werth wären; die andere aber unter dem Titel: „Die älteren Matrikel des Bisthums Freysing. Herausgegeben von Dr. **Martin v. Deutinger**, Dompropst in München. Vier Bände in Gross-Octav (deren drei bereits erschienen sind) 1849—1850," eine „kirchliche Statistik" aus älterer Zeit (die letzte von 1738—1740) liefert, wie sie bis nun wenig deutsche Bisthümer aufzuweisen haben, jedes aber ohne Zweifel verdiente. — Hr. Probst von Deutinger hat sich durch diese Leistung und durch ähnliche historisch-topographische Arbeiten den verdienstvollsten deutschen Geschichtsforschern angereiht. Möchte doch die österreichische Kirchengeschichte ähnliche Freunde und Förderer finden! Leider ist im gegenwärtigen Augenblicke dazu wenig Hoffnung.

Herr Regierungsrath **Chmel** setzte hierauf die Lesung seiner Abhandlung über die kirchlichen Zustände in Oesterreich, namentlich in der Passauer Diöcese (unter Bischof Leonhard von Passau 1439—1451), welche er im Jahre 1849 (s. Sitzungsberichte vom Februar und April) begonnen hatte, fort, indem er nachwies, dass das Basler Concilium in Oesterreich selbst nach dem unselig frühzeitigen Tode König Albrechts II. eine nicht unbedeutende Zahl von Anhängern (namentlich in der theologischen Facultät der Wiener Universität) hatte, ja selbst Albrechts Nachfolger Friedrich IV. durch mehrere Jahre sich seinen Bestrebungen für Reform nicht ganz abhold zeigte, bis es dem weltklugen Papst Eugen IV. gelang, freilich nicht ohne beträchtliche Opfer der Freiheit und Unabhängigkeit der Kirche, denselben für sich und die römische Curie zu gewinnen, wodurch die Reform der Kirche aus ihrem eigenen Schoose für immer vereitelt wurde.

Der Verfasser trug ein denkwürdiges Schreiben des Concils vom 4. Jänner 1445 (also ein Jahr vor der Katastrophe) an Kaiser Friedrich IV. vor, in welchem dasselbe mit allem Nachdrucke die Sachlage und Stellung der Kirche gegen ihren Gegner auseinandersetzte. Concilium oder Papst? das war die Frage. Leider gelang es nicht dieser Frage eine Wendung zu geben, wovon der Friede und mit ihm die Wirksamkeit der katholischen Kirche abhängt, nämlich: Concilium und Papst.

Omne regnum inter se divisum perit!

Sitzung vom 20. März 1850.

Herr kaiserlicher Rath Bergmann beginnt seine „Beiträge zu einer kritischen Geschichte Vorarlbergs und der angränzenden Gebiete in älterer Zeit" zu lesen. Sie sind Resultate seiner Reise die er im vorigen Spätsommer dahin und nach Graubündten gemacht hat, um an Ort und Stelle neue bisher unbenützte Materialien zu sammeln.

Nach einer kurzen Einleitung über das interessante Ländchen von $46\,{}^{85}/_{100}$ Quadrat-Meilen mit 106000 Einwohnern bespricht er die wichtigsten historischen Quellen, die diessfälligen Urkunden, die theils im Inlande, theils im Auslande, in St. Gallen, Chur, München etc. zu finden sind; macht auf die Wichtigkeit des 3 Strassen verbindenden Knotenpunctes zu Landek im Oberinnthale aufmerksam mit kurzer geschichtlicher Rückschau in frühere Jahrhunderte und gelangt dann zum Arlberg der seinen Namen von Arle, dem dortigen zwergartigen Nadelholze, erhalten hat. Zum Schlusse redet er von der „St. Christophs-Bruderschaft auf dem Arlberg, die ein armer Knecht, Heinrich das Findelkind, voll christlicher Liebe zur Rettung der über diesen unwirthlichen Berg ziehenden Wanderer im Jahre 1386 stiftete, und schliesst mit einer chronologischen Darlegung, wann und durch wen dieser Alpenübergang von 895,5 Wiener Klaftern über der Meeresfläche fahrbar gemacht wurde.

Herr Dr. Pfizmaier beginnt die Lesung eines Aufsatzes:
„Beitrag zur Kenntniss der Aino-Poesie."

In den mir zu Gesicht gekommenen originellen Aino-Poesien sind die Verse unregelmässig, so dass an die Abschnitte von fünf und sieben Sylben, welche die Stelle der Verse vertreten, ursprünglich zwar gedacht worden zu sein scheint, in den meisten Fällen aber diese Zahl entweder überschritten oder nicht erreicht wird. In dem aus dem Japanischen übersetzten und aus drei Strophen oder dem dreifachen Lied von 31 Wörtern bestehenden Gedichte, in welchem das Versmass genau eingehalten wird, übt die Schreibweise in so fern einen Einfluss auf die Zählung, als die Consonanten am Ende einer Sylbe (ein Gegenstand der von mir bereits in dem Aufsatze über die Wörtersammlung von La Peyrouse erläutert wurde) und das ン *n* wenigstens am Ende der Wörter für vollständige Sylben gerechnet werden. So ist セくムコ das offenbar *kom-kom-se* oder *kom-kom-sche* ausgesprochen wird, ein fünfsylbiger, ンマヲクテシウ *tsusiteku woman*, ein siebensylbiger Versabschnitt.

Hingegen werden Verbindungen, wie アチ *tsiya*, アシ *siya*, ユチ *tsiyu*, weil sie die Laute *tsa* oder *tscha*, *scha* und *tschu* auszudrücken bestimmt sind, nur für eine Sylbe gerechnet, z. B. ヘニアチツ° *tutscha-ani-he*, fünf Sylben, ムプアシニネニヘ *scha-tum henne nin*, sieben Sylben. In den unregelmässigen Gedichten wird, insofern als hier Spuren von Regelmässigkeit vorkommen, ohne Unterschied bald die Aussprache bald die Schreibweise zu Grunde gelegt, jedoch richtet sich bei den letztgenannten Verbindungen die Zählung immer nach der Aussprache.

Hinsichtlich des Tones, der ausserdem nur noch berücksichtigt wird, bemerke ich, dass die Ainowörter ein Aggregat von mehreren einzelnen Theilen sind, deren jeder eine eigene Bedeutung hat, und dass die Hauptbestandtheile derselben, eben so wie die verschiedenen angehängten Theile oder Partikeln, grösstentheils ein- oder zweisilbig sind, eine Eigenthümlichkeit, welche ich nach meinem Erachten nur desswegen nicht überall nachweisen konnte, weil durch die Mangelhaftigkeit des mir zu Gebote stehenden Vocabulariums jeder ausgedehnteren Forschung ein Ziel gesetzt wurde. Die einsylbigen Aggregate modificiren den Ton des Ganzen je nach ihrer Bedeutung, während die zwei- oder mehrsylbigen den von mir gemachten Beobachtungen zufolge die vorletzte, die auf einen Consonanten oder auf einen Diphtongen endenden aber die letzte Sylbe betonen, z. B. ノ ヲ ロ ヲ リ ヰ モ *mosiri-wóro-wa-no*, von der Insel, カ ツ ヤ ネ カ チ *tsikáp-né-yaschka*, ein Vogel in der verstärkten Nominativbedeutung, イ ガ ヲ *wogái*, bleiben. Die besonders ausgedehnten Sylben, welche wahrscheinlich auch den Ton an sich reissen, werden mit einem Verlängerungsstrich bezeichnet, z. B. | ヂ ュ ヰ *sindzi*, der Ursprung.

Der durch die Abweichungen des Tones entstandene Rythmus ist ungefähr derselbe, wie in den japanischen Versen.

Einen eigentlichen Reim konnte ich in den Aino - Versen nicht entdecken, da die am Ende derselben öfters beobachteten gleichen Vocalausgänge nur zufällig sind und auch in Prosa vorkommen.

Bei dem in diesem Aufsatz gelieferten Citaten habe ich die Transcription mit lateinischen Lettern hinzugesetzt, um die äusserst schwer zu bestimmenden Umrisse und Gliederungen der Wörter kennbar zu machen, wobei ich aber, da mir für die speciellen Fälle noch manche Zweifel übrig blieben, die eigenthümliche, d. i. vom Japanischen abweichende Aussprache nicht besonders angab. Ich bringe hier nur in Erinnerung, dass die Verbindungen ヨ チ *tsio*, ヤ チ *tsia*, ユ チ *tsiu*, ヨ ヰ *sio*, ヤ ヰ *sia*, ユ ヰ *siu*, wie *tscho* oder *tso*, *tscha* oder *tsa*, *tschu*, *scho*, *scha* und *schu* gelesen werden müssen, ferner dass das ヰ *si*, öfters für *schi* gesetzt wird, und endlich der Laut *r* bisweilen in *l*, und der Laut *h* in *f* (bei ヘ auch in *j*) verwandelt werden kann. So oft der Vocal *u* entweder gewiss oder doch mit Wahrscheinlichkeit weggeworfen wird, wurde derselbe in der Transcription in Parenthese gesetzt.

Wenn das ツ *tsu* seinen Vocal verliert, kann es in wenigen Fällen wie *sch* ausgesprochen werden, bisweilen aber auch, wie in dem Worte ラ° ツ ラ *rapp*, Flügel, den Laut des nächstfolgenden Consonanten annehmen. Es versteht sich dabei von

191

selbst, dass das eben gedachte *u* möglicherweise auch in Wörtern, wo dieses nicht angedeutet wurde, weggeworfen werden kann.

Das Werk Mo-siwo-gusa enthält vier Gedichte, von welchen die ersten drei nicht sehr lang, das letzte aber von sehr bedeutendem Umfange ist. Bei den ersten drei finden sich die nothwendigsten Randerklärungen mit chinesischen Zeichen, jedoch nicht ganz hinreichend und auch nicht in dem Maasse, dass durch sie allein die einzelnen Wörter oder das Grammatikalische unterschieden werden könnte. Das vierte Gedicht hingegen enthält diese Erklärungen nur im Anfauge, während sie in dem ganzen übrigen, beinahe das zwölffache des Erklärten betragenden Theile desselben durchaus vermisst werden.

In sämmtlichen Gedichten findet sich übrigens eine beträchtliche Anzahl Wörter, welche in dem oben gedachten Vocabularium nicht vorkommen.

Das erste der in dem Mo-siwo-gusa enthaltenen Gedichte führt den Titel ケラ｜ヤチ *tsâra-ke* (jap. コリキウヤジウ *kiri-kô-ziò*) der Vertrag, was offenbar einen Vertrag mit den Göttern bedeutet, und sein Inhalt ist ungefähr folgender: Ein Genosse des Ainostammes, hier der „Neffe" genannt, betet zu den Göttern des Meeres, und reicht ihnen die für die Geister der Vorfahren bestimmten gefalteten Papiere, so wie einen Zuber mit Wein, worauf die Götter mit dem Fächer auf die Brust schlagen und auf diese Weise Wind und Regen hervorbringen. Das Gedicht lautet:

イカヲクヱクル シモニテケリ カムイヲイナニ タハニムシロ、
ネㇷ゚イタウニ イカシナウニ イウコヤイラㇷ゚ チニシコユブ
トノトシリカ アワテカニ キイワヱヤキヱ アヱガラカリ
ワイヌニヌ ハリキテケリ レベロワカムイ キワヱヤキヱ
クケナニヌ シヤケシニトコ イェヘワセチュ クカルクウタン
レベロワカムニ アワテカニ カムイアヲニケ マリシノ、ボ
イカシナウニワ レベロワカムイ イシレラウトム ヲカイナニコナ
コバイヲウタ カムイシキシヤマ シタイキヲワタ セコワタウヱ
カムイコワチヤワ シレバヲワタ アニキマウヱ イノニノイタク
イ、ナウクペ アイノタウシベ ピリカタシコニヱ アニナ

I - karaku - ne - guru
Nep(u)ṭita - un
Tono - to siri - ka
Wa - inunnu
Ku - ke - nan - kora
Rebe - rots(u) - kamun
Ikasi - ina - u - nits(u)
Koba - i - wots(u)ta
Kamui kots(u)tsia - wa
J - i - na - uku - pe
Simon te - ke - wa
Jkasi - na - u - ni
Atsutekani
Hari - ki te - ke - wa
Siake - sintoko
Atsutekan
Rebe - rots(u) - kamui
Kamui - si - ki siama
Sireba wots(u)ta
Aino woro - sibe
Kamui - wo - inani
J - uko - yai - rap(u)
Ki - i - wa - ne - yaki - ne
Rebe - rots(u) - kamui
J - e - hets(u)ṭse - tsiù
Kamui - awonke
Isi - rerats(u) - tom(u)
Sitaiki wots(u)ta
Anki ma - u - e
Pirika tasi - kon - ne
Tawan musi - roro
Tsi - nisi koyub(u)
Ane - garakari
Ki - wa - ne - yaki - ne
Ku - karuku - utare
Mawa - sino - no - bo
Wokai - nan - konna
Se - kots(u) ta - u - ne
Inonno itaku
Anna.

Der Neffe, dieser Mann
Was spricht er wohl
In des Festes Mitte?
In tiefem Sinnen

Betend er steht.
Die Götter an dem Meer
Der Ahnen Geisterblätter
Wo sie erfassen,
Dort in der Götter Nähe
Fleht er laut.
In der rechten Hand
Der Ahnen Geisterblätter
Reicht er dar,
In der linken Hand
Den Zuber mit Wein
Reicht er dar.
Die Götter an dem Meer
Ihr Götterauge seitwärts
Wohin es fällt,
Sind Aino-Reden,
Und göttlicher Gesang
Lobpreisend tönt.
Wie diess geschieht,
Die Götter an dem Meer
Stöhnen Worte,
Mit dem Götterfächer
Auf die Brust
Wo sie schlagen,
Des Fächers Stärke
Heft'ger Sturmwind
Dort verweilt,
Und Wolkenschauer
Sie verleih'n.
Wie diess geschieht,
Mein Neffe, der Genosse
Ohne Kummer
Hier verweilt.
Von dieser Sache
Des Gebetes Worte
Sind also.

Da die Aino-Sprache bei uns noch völlig unbekannt ist, so glaube ich nicht unrecht zu thun, durch die Analyse des vorstehenden, so wie der übrigen noch zu citirenden Gedichte einiges zur Kenntniss derselben beizutragen.

イ *i*, eine Vorsatzsylbe, welche bisweilen gebraucht wird, um die Aufmerksamkeit auf einen Gegenstand zu lenken, und der, wie der gleichlautenden chinesischen, die Grundbedeutung dieser zukommt.

ク ラ カ *karaku* (jap. イ ヲ *woi*) ein Neffe.

ネ *ne*, eigentlich die Gestalt (jap. チ タ カ *katatsi*) dient, den Hauptwörtern angehängt, zur Hervorhebung der Bedeutung, und entspricht einem verstärkten bestimmten Artikel.

ル グ *guru*, hat in Zusammensetzungen meistens die Bedeutung Mensch.

プ° ネ *nep* (jap. = ナ *nani*) was? Eigentlich ist ネ *ne* oder ｜ ネ *nè* das Wurzelwort, und プ° *p* ist ein nur bei gewissen wenigen Wörtern gebrauchter bestimmter Artikel von der Bedeutung des jap. ハ *wa* oder ノ モ *mono*. Dasselbe Wort bildet auch ｜ タ ｜ ネ *nè-ta*, was? mit der Accusativpartikel タ *ta*, = ネ *ne-ni*, wer? mit = *ni*, das in einigen Zusammensetzungen die Person bezeichnet.

ユ ウ タ イ *ita-un*, sprechen. Sonst bedeutet sprechen immer ク タ イ *itaku* oder キ タ イ *itaki*, und diese Form kommt nur in dem oben citirten Gedichte vor. Ich vermuthe, dass ユ ウ タ イ *ita-un*, so viel ist als ユ ウ ク タ イ *itaku-un*, nämlich das Grundwort mit ユ ウ *un*, der bestimmten Genitivpartikel, offenbar ein Japonismus, deren ich mehrere in der Aino-Sprache bemerkt habe, gerade wie sich der Satz: Was spricht er? im Japanischen ausdrücken lässt durch カ ノ ル タ カ ヲ = ナ *nani-wo kataru-no-ka*. Wo im Japanischen das ノ in solchen Verbindungen vorkommt, kann man die Bedeutung dabei oder davon darunter verstehen.

ト ノ ト *tono-to*, hier ein Fest, ein Trinkgelage (jap. リ モ カ サ *saka-mori*), hat ausserdem die Bedeutung Wein, wahrscheinlich zusammengesetzt aus ノ ト *tono*, Herr, und ト *to*, Milch, gleichsam Herrenmilch.

カ リ シ *siri-ka*, der Boden, sonst auch Land, zusammengesetzt aus リ シ *siri*, Erde und カ *ka*, Ort.

ワ *wa* ist am Ende der Wörter als bestimmter Artikel sehr gebräuchlich, ist mir aber im Anfange und in Verbindung mit Zeitwörtern nur in diesem Beispiele vorgekommen. Ich vermuthe, dass es hier zur Verstärkung der Bedeutung dient.

ヌニヌイ *inunnu* (jap. ノルイ *inoru*) **beten**. Das Ainowort steht hier für ein stilles Beten oder des Beten in Gedanken.

ラコニナケク *ku-ke-nan-kora*, thun, verrichten, am Ende eines Satzes, mit zukünftiger oder potentialer Bedeutung, von ク *ku*, thun, ケ *ke*, mit der ursprünglichen Bedeutung von Gestalt, den Zeitwörtern, bisweilen auch den Hauptwörtern angehängt, und ラコニナ *nan-kora*, einer Endpartikel ähnlich dem jap. リナ *nari*, sonst aber auch durch フラア *arò*, haben oder sein mögen, erklärt, wahrscheinlich eine Zusammensetzung von ニナ *nani*, sogleich (jap. クナフア *ò-naku*) und ラコ *kora*, so viel als ロコ *koro* oder ルコ *koru*, fassen, ergreifen (jap. フモ *motsu*), welches letztere dadurch bestätigt wird, dass dieses Wort auch コニナ ロ *nan-korô*, geschrieben, und ルコ *koru* auch für das jap. ルサナ *nasaru*, thun, gebraucht wird.

ベレ *rebe*, die Meereswellen oder das hohe Meer, ein Wort, das mir sonst nicht vorgekommen ist, vielleicht von レ *re*, laut rufen und ベ *be*, Wasser, gleichsam das laut rufende Wasser.

ロコ *rosch*, stehen, abgekürzt für ケシロ *rosi-ke*, mit Weglassung der Partikel ケ *ke*. Im Original steht ロシ, was offenbar ein Fehler ist, da das ロ in dem handschriftlichen oder mehr kursiven Kata-ka-na bisweilen Aehnlichkeit mit dem シ zeigt, und desshalb mit diesem verwechselt werden konnte. Das dritte Mal, wo dieser Ausdruck vorkommt, steht in dem Original シコ, was ebenfalls ein Fehler und aus der noch leichter möglichen Verwechslung des ロ mit コ entstanden zu sein scheint.

ニムカ *kamun*, Gott, oder, da der Plural höchst selten durch eine besondere Form unterschieden wird, Götter. Ein Gott heisst sonst immer イムカ *kamui*, und ニムカ *kamun*, scheint hier wieder eine Zusammenziehung von イムカ *kamui*, und der oben erwähnten Partikel ニウ *un* zu sein.

シカイ *ikasi* (jap. センゾ *sen-zo*) ein Ahnherr.

ウナイ *ina-u* (jap. テギ = *nigi-te*), ein Stück zusammengelegtes Papier zum Opfer für die Geister.

ワ= *nits(u)* (jap. ルヌガワ *tsuganuru*) ein Bund oder Büschel.

バコ *koba* (jap. ワモ *motsu*) halten oder fassen.

イ *i*, eine Endpartikel, welche hier gehen oder handeln bedeutet.

タワヲ *wots(u)ta* (jap. ロコト *tokoro*), wo, allwo, mit der Nebenbedeutung als.

ヤチワコ *kots(u)tsia* (jap. ヘマ *maye*) vorn, als Postposition vor, gegenüber.

ワ *wa*, ein dem bestimmten Artikel entsprechende Partikel, ungefähr dem gleichlautenden japanischen ハ *wa*, entsprechend.

ペクウナ丶イ *i-i-na-uku-pe*, beten, anrufen, fehlt in dem Vocabularium, könnte aber zusammengesetzt sein aus ナ丶イ *i-i-na*, so viel als ネイ *ine* (jap. スカマ *makasu*) sich anvertrauen, グウ *ugu*, rufen, und ペ *pe*, das öfters für ベ *be*, Sache, vorkommt. Die zur Seite stehenden zwei Puncte, wie bei dem eben angeführten グウ, finde ich nicht selten ausgelassen, was entweder einer dialectischen Verschiedenheit der Aussprache oder blosser Nachlässigkeit zuzuschreiben ist.

ニモシ *simon*, sonst auch イモシ *simoi*, zur rechten Seite befindlich.

ケテ *te-ke*, die Hand, von テ Hand, das merkwürdiger Weise mit dem gleichnamigen japanischen Worte völlig übereinstimmt, und dem angehängten ケ *ke*, Gestalt.

ワ *wa*, die Partikel.

ウナシカイ *ikasi-na-u* zusammengezogen statt カイウナイシ *ikasi-ina-u*.

= *ni* hat sonst nur die Bedeutung Baum, und könnte wenn hier das ワ nicht durch Versehen ausgelassen wurde, für ワ= Bund oder Büschel gesetzt worden sein.

=カテワア *atsutekani*, darreichen, fehlt in dem Vocabularium. Scheint die Zusammenziehung von ワア *atsu* (jap. ルタア *ataru*) treffen und =アケテ *te-ke-ani*, sich verbinden, letzteres wieder von ケテ *te-ke*, Hand, und ニア *ani*, mit.

キリハ *hariki*, zur Linken befindlich.

ケヤシ *schake*, Wein, von dem japanischen ケサ *sake*.

コトニシ *sintoko* (jap. ケヲ *woke*), ein Zuber.

ニカテツア *atsutekan*, abgekürzt, statt テツア ニカ *atsutekani*.

キシ *si-ki*, das Auge, von シ *si*, Auge und キ *ki*, Sache.

マヤシ *schama* (jap. バア *soba*), die Seite.

バレシ *sireba* (jap. クツ *tsuku*), auf etwas treffen oder wohin gerathen.

ノイア *aino* (jap. ゛ニ *yezo*), ein Bewohner der Insel Jesso. Scheint zusammengesetzt aus イア *ai*, Bogen und ノ *no*, der Adverbial- oder Adjectivpartikel.

ベシロヲ *woro-sibe*, sprechen, sonst auch auftragen, befehlen (jap. ルケツセヽヲ *wowose-tsukeru*), ロヲ *woro*, bedeutet Ort oder Umstand, davon die Postposition ハロヲ *woro-wa* oder ノウロヲ *woro-wa-no*, von. Die Bedeutung von ベシ ist mir nicht klar.

ニナイヲ *wo-inani* (jap. タウ *uta*), Gesang. Fehlt in dem Vocabularium.

プライヤコウイ *i-uko-yai-rap* (jap. ニラツ ルズ *soran-zuru*), ein Loblied singen, von der Vorsatzsylbe イ *i*, コウ *uko*, wechselseitig und プライヤ *yairap*, Lob, Preis.

ネキヤネワイキ *ki-i-wa-ne-yaki-ne* (jap. レカシ モド" *sikare-domo*), wenn es so ist, nachdem dieses geschehen, von イキ *ki-i*, Sache, ワ *wa*, der bestimmenden Partikel, ネ *ne*, Gestalt, キヤ *yaki*, so viel als カツヤ bei den Zeitwörtern obgleich, als, bei den Hauptwörtern eine das Sein, den Zustand bezeichnende Partikel, und ネ *ne*, dem bestimmten Artikel.

ワヽエイ *i-e-hets(u)*, seufzen oder stöhnen.

セ *se*, sein oder ihr.

ユチ *tsiù*, ein Wort, eine Rede. Die letzten drei Ausdrücke sind in dem Vocabularium nicht enthalten.

ケニヨフ *awonke*, ein Fächer, von dem japanischen ギフフ *ôgi*.

ムトワラレシイ *isi-rerats(u)tom(u)*, die Brust, ein zusammengesetztes Wort von シイ *isi*, das gewöhnlich Schweif bedeutet, aber ausserdem auch, wie in dem Worte バコシイ *isi-koba*, die Absicht (jap. テフロヽコ *kokoro-ate*), die Grundbedeutung Herz zu haben scheint, ferner von ルラレ *reraru*, so viel als ルラテ *teraru*, die Brust (denn テ und レ werden in der Aino-Sprache öfters verwechselt) und endlich von ムト *tom(u)*, das zwar allein nicht vorkommt, aber so viel als ムツ *tum(u)*, Farbe, Aussehen sein könnte.

キイタシ *sitaiki* (jap. クヽタ *tataku*) schlagen.

キンフ *anki*, ein Fächer, ebenfalls von dem japanischen ギフフ *ôgi*.

ユウマ *ma-u-e* (jap. ヒホキイ *ikiwoi*) Kraft, Stärke. Fehlt in dem Vocabularium.

カリヒ° *pirika*, gut, stark.

ニコシタ *tasikon* (jap. シラフ *arasi*) ein Sturmwind. Fehlt in dem Vocabularium.

ネ *ne*, die bestimmte Partikel.

レハタ *tahan* (an einigen Stellen auch レバタ *taban*) dieser oder auch hier.

ヽロシム *musi-roro*, bleiben, verweilen. Fehlt in dem Vocabularium.

シニチ *tsi-nisi*, Wolke, sonst シニ *nisi*. Die Bedeutung des hier vorgesetzten チ ist mir nicht klar, es müsste denn mit dem チ in ツコチ *tsi-kots(u)* einem bescheidenen Ausdruck für das Fürwort der ersten Person (jap. シクタワ *watukusi*) identisch sein, in welchem Falle ich glaube, dass es ungefähr den Sinn von dieser oder der haben könnte.

ブ ユ コ *koyub(u)*, eine Fluth.

リ カ ラ ガ ネ ア *ane-garakari* (jap. ルクヅサ *sadzu kuru*) verleihen. ネ ア *ane*, hier dem Zeitworte vorgesetzt, hat sonst die Bedeutung jener (jap. ノ ア *ano*). Dieses und das vorhergehende Wort fehlen in dem Vocabularium.

ネ キ ヤ ネ ワ キ *ki-wa-ne-yaki-ne*, wenn es so ist, wie oben. キ *ki* ist so viel als イ キ *ki-i*, Sache, jedoch ist das erstere das gewöhnliche Wort.

ク *ku*, ich oder mein.

ク ル カ *karuku*, Neffe, so viel als クラカ *karaku*.

レ タ ウ *utare*, bedeutet eigentlich Diener (jap. イラケ *ke-rai*, oder ベモビ *simo-be*) steht aber auch für Genosse oder Mensch überhaupt.

ボ ノ シ ワ マ *mawa-sino-no-bo*, ruhig, ohne Beschwerde, fehlt in dem Vocabularium. Der Ursprung lässt sich nicht mit Sicherheit bestimmen, könnte jedoch hergeleitet sein von マ *ma*, (jap. グヨヲ *woyogu*) schwimmen mit dem Artikel ワ *wa*, ferner von ノ シ *sino* (jap. ルタイ *itaru*) gelangen, ノ *no*, der Adverbialpartikel, und ボ *bo*, das dem japanischen コ *ko*, Sohn, entspricht und zur Bildung verschiedener Wörter verwendet wird. So mit der eben gedachten Partikel ノ *no*, in dem Worte ボノニマヲ *woman-no bo*, ferne, abgeleitet von ンマヲ *woman*, geben.

イ カ ヲ *wokai* (jap. ル井 *iru*), sonst auch イガヲ *wogai*, bleiben, verweilen.

ナ ン コ ン ナ *nan-konna*, so viel als das oben vorgekommene ラコンナ *nan-kora*, haben oder sein mögen.

ソ コ セ *se-kots(u)*, dieser oder der (jap. ノ ア *ano*, von dem oben erklärten セ *se*, mit derselben Bedeutung, und ソコ *kots(u)* das einigen Wörtern angehängt wird, und Grund, Boden zu bedeuten scheint, z.B. ソコチ *tsi-kots(u)*, ich, ソコセチ *tsise-kots(u)*, die Hausflur von セチ Haus.

ネ ウ タ *ta-u-ne* (jap. リダク *kudari*) ein Abschnitt in der Bedeutung von Angelegenheit oder Sache. ネ *ne*, ist offenbar der Artikel. Das Wort fehlt in dem Vocabularium.

ノ ヌ ノ イ *inonno* (jap. ヌ ノ イ *inoru*), beten.

ク タ イ *itaku*, sprechen, wird wie das japanische ス ウ マ *môsu*, auch als ein die Bescheidenheit ausdrückendes Hilfszeitwort gebraucht.

ナ ニ ア *anna*, haben, von ニ ア *an*, mit derselben Bedeutung. Die häufig vorkommende Verlängerung auf den Laut *a*, die hier zugleich mit der Verdopplung des Consonanten verbunden ist, scheint keinen Einfluss auf die Bedeutung zu üben, und wurde von mir vorzüglich am Ende der Sätze beobachtet, z. B. ラ カ ヌ ウ モ ヨ シ ノ ル ホ ヲ *wohon-no schomo u-nukara*, ich habe dich lange nicht gesehen, in welchem Satze dem letzten Wort ルカヌ *nukar(u)*, sehen, zu Grunde liegt. ニ ア *an*, ist übrigens als Hilfszeitwort beinahe so gebräuchlich wie in den europäischen Sprachen. Für ナ ニ ア *anna*, habe ich auch ナ ア *ana* gefunden.

Herr Regierungsrath **Chmel** setzte die Lesung seiner kritischen Abhandlung über die „religiösen Zustände in Oesterreich unter Bischof **Leonhard von Passau** (stirbt am 24. Juni 1451)" fort.

Nachdem er über die Spuren der Geltung des **Basler Conciliums** in der Passauer Diöcese und über die von demselben gemachten Versuche, sich **grösseren Anhang zu verschaffen**, mehrere Belege beigebracht, ging er auf die aus dieser trüben Zeit bis jetzt gesammelten Daten über, welche uns ein mehr oder minder vollständiges Bild des kirchlichen Lebens gewähren sollen. — Vorerst über das Thun und Wirken der zahlreichen **Klöster**. Der Referent sprach sich mit Berücksichtigung des bisher Geleisteten über die Wichtigkeit und das Interesse von **Monographien** der Klöster im Lande aus, deren Aufgabe er umständlich auseinandersetzte. Er wies nach, dass eine Klostergeschichte, welche nicht über die sämmtlichen **Stiftungen** (theils aus Pietät und zum Gedächtnisse, theils zum Wohle der leidenden Menschheit gestiftet), über die **inneren** Verhältnisse, die Ordensstatuten, die Wahlen und Rechte, so wie über die Pflichten der Obern und die Leistungen der Glieder für Seelsorge, die Wissenschaft und Kunst genaue und freimüthige Aufschlüsse gibt, ihren Zweck durch blosse Erzählung der äusseren Schicksale durch die manchen Jahrhunderte seiner Existenz sehr wenig leiste. — Er bedauerte, dass in dieser Beziehung bisher noch nicht das Wünschenswerthe geleistet sei. — Mussten ja fremde Gelehrte auf die Schätze österreichischer Klosterbibliotheken aufmerksam machen, die sie auch selbst trefflich ausbeuteten! —

Verzeichniss
der
eingegangenen Druckschriften.

(Februar.)

Adrian, J. Valent., Catalogus codicum manuscr. Bibliothecae academicae Gissensis. Francofurt ad M. 1840; 8º

Archiv für schweizerische Geschichte, herausgegeben auf Veranstaltung der allgem. geschichtforschenden Gesellschaft der Schweiz. Bd. 1—6. Zürich 1843 u. f.; 8º

Bataillard, Paul, De l'apparition et de la dispersion des Bohémiens en Europe. Paris 1844; 8º

— Nouvelles Recherches sur l'apparition et la dispersion des Bohémiens en Europe. Paris 1849; 8º

College, The R. of Chemistry, instituted 1845. Lond. 1849; 8º·

Gaisberger, Joseph, Lauriacum und seine römischen Alterthümer. Linz 1846; 8º

— Die Gräber bei Hallstadt im österreichischen Salzkammergute. Linz 1848; 8º

Gesellschaft, naturforschende, in Bern. Mittheilungen. 1846, Nr. 57—86. Bern 1846; 8º

— naturforschende, schweizerische. Verhandlungen bei ihren Versammlungen. 1846—1849; 8º

— Allgemeine schweizerische für die gesammten Naturwissenschaften. Neue Denkschriften. Bd. 1—3. Neuschatel 1837 u. f.; 4º

Gloesner, Mémoire sur la Réfraction. Liége 1846; 8º

— Discours prononcé à la salle Académique de l'université de Liége etc. Liége 1847; 8º

Karsten, G., Die Fortschritte der Physik im Jahre 1847. Jahrgang II., III. 1. Heft. Berlin 1849; 8º

Martius, C. F. Ph. von, Ueber die botanische Erforschung des Königreichs Bayern. München 1850; 8º (in 5 Exemplaren).
Mohr, Theod. von, Die Regesten der Archive in der schweizerischen Eidgenossenschaft. Bd. I. Heft 1, 2. Chur 1849; 4º
Redtenbacher, Ludw., Fauna austriaca. Die Käfer. Wien 1849; 8º
Society, R. of Edinburgh, Transactions. Vol. XVI. p. 5. Vol. XIX. p. 1. Edinburgh 1847 u. f.; 4º
Verein für siebenbürgische Landeskunde. Protocolle. 1. u. 2. Fortsetzung. Hermannstadt 1846; 4º
Will, J. G. Fried., Ueber die Absonderung der Galle. Erlangen 1849; 8º
— Ueber die Secretion des thierischen Samens. Erlangen 1849; 8º

(März.)

Anderson, Thom., On the constitution and properties of Picoline etc. Edinburgh 1846; 8º
— On certain products of the composition of the fixed oils in contact with sulphur. Edinburgh 1847; 4º
— On the products of the destructive distillation of animal substances. Edinburgh 1848; 4º
— On the colouring matter of the Morinda citrifolia. Edinburgh 1848; 4º
— On a new species of Manna from Neu-South-Wales. Edinburgh 1849; 8º
— Note on the constitution of the phosphates of the Organic Alkalies. (s. l. et d.) 8º
Archiv der Mathematik etc. Herausg. von J. A. Grunert. XII. Th. 4. XIII. Th. 1—4. Heft. Greifswalde 1849; 8º
Bonn, Universitätsschriften. Jahrgang 1849. 31 Hefte.
Brecher, Gideon, die Beschneidung der Israeliten ꝛc. Wien 1845; 8º
Effemeridi, astronomiche di Milano p. l'anno 1849. Milano 1848; 8º

Ellis, Alex. J., Phonetic spelling familiaris explained, for the use of Romanic readers. London 1849; 8°
Gesellschaft, antiquarische in Zürich, Mittheilungen VI. Bd. 3. 5. VII. Bd. 1. Heft. Zürich 1848; 4°
— k. sächsische der Wissenschaften. Berichte über die Verhandlungen der mathem. phys. Classe. Heft. 1. 2. Leipzig 1849; 8°
Grunert, Joh. Aug., Beiträge zur meteorologischen Optik etc. I. Th. 3 Hefte. Leipzig 1849; 8°
Körnbach, Paul, Studien über französische und dacoromanische Sprache und Literatur. Wien 1850; 8°
Klose, Sam. Benj., Darstellung der inneren Verhältnisse der Stadt Breslau v. J. 1458—1526. Namens des Vereins für Geschichte etc. Schlesiens. Herausg. von Gust. Ad. Stenzel. Breslau 1847; 4°
Kollar, Vinc., A treatise on insects injurious to gardeners etc. Transl. by J. and M. Loudon. London 1840; 8°
— Bildliche Naturgeschichte aller drei Reiche, mit vorzüglicher Berücksichtigung der für das allgemeine Leben wichtigeren Naturproducte ꝛc. Pest 1846; 8°
Playfair, Lyon, Report on the state of Large Towns in Lancashire. London 1845; 8°
Schweitzer, Fed., Serie delle monete e medaglie d'Aquileja e di Venezia. Trieste 1848; 4°
Seligmann, F. Romeo, die Heilsysteme und die Volkskrankheiten. Wien 1850; 8°
Testament, the new, Paragraf. fonetic edition. Lond. 1849; 12°
Tübingen, Universitätsschriften, 1849; 4 Hefte.
Verein für siebenbürgische Landeskunde, Protokolle. Fortsetzung 1. 2. Hermannstadt 1846; 4°
Verollot, M. P., du Choléra morbus en 1845—1847 etc. Constantinople 1848; 8°
Wolf, Adam, die Geschichte der pragmatischen Sanction bis 1740. Wien 1850; 8°

CPSIA information can be obtained
at www.ICGtesting.com
Printed in the USA
LVHW111611281122
733725LV00011B/110